きみが明日、この世界から消える前に

此見えこ

STARTS
スターツ出版株式会社

「死ぬ前に、私と付き合いませんか！」

死にたくなったあの日、出会ったのは
真剣な顔でそんなことを叫ぶ、わけがわからないぐらい必死な女の子で。

逃げることを許さない彼女との出会いが
痛いほどまっすぐに、強引に、俺の世界を変えた――。

目次

きみが明日、この世界から消える前に

第一章　死にたくなった日

「……死にたい」

そんな声がこぼれたのは、ふらふらと駅まで戻ってきて、ホームのベンチに崩れるように座り込んだとき。

頭の中に、さっき見た光景がぐるぐると回る。

あれはぜったいに、七海《ななみ》だった。見間違えるはずがない。物心がついた頃からずっと傍《そば》にいた、誰よりも大切な、俺の幼なじみ。

放課後、校門を出たところで、彼女を見かけた。

数メートル先を、うちの高校の制服を着た男とふたりで歩いていた。

見たことがない男だったけれど、たぶんクラスの友達かなんかだろう。うちの高校は生徒数が多くて、入学から半年が経《た》った今も、同級生だろうと顔を知らない生徒は多かった。だからそのときはただそれだけ思って、俺は当たり前のようにふたりへ追いつこうと足を速めた。友達だろうがなんだろうが、七海が男とふたりで歩いているのは気に食わなかったから、俺も混ざってやろうと、そう思って。

だけど途中で、足が止まった。

彼らがおもむろに、手をつないだから。

駅へ向かっているのだと思ったふたりは、駅を通り過ぎて商店街のほうへ歩いていった。しっかりとつないだ手を離すことなく。

俺は一定の距離を保ったまま、ふたりのあとをつけた。

頭を埋《う》めようとする嫌な予感を、必死に押しのけながら。

やがて街のはずれにある小さな公園に着いたふたりは、ベンチに並んで座った。

見つからないよう、俺は離れた位置にあるトイレの陰からふたりを眺めていた。

どのくらい経っただろう。

しばらく話し込んでいたふたりが、ふいに動いた。

男の右手が上がり、七海の頰《ほお》に触れる。そうしてふっと七海のほうへ顔を近づけた。

男の手が、頰にかかる七海の髪を軽く搔《か》き上げる。

拍子に、目を閉じた七海の横顔がちらっと見えた。

気づいたときには、俺は逃げるように踵《きびす》を返していた。

なんだ、今の。なんだ今の。

わけがわからなかった。

だって、七海だ。

生まれたときからいっしょにいる、俺の筋金《すじがね》入りの幼なじみだ。

気弱で引っ込み思案で、おまけに身体が弱くて。ちょっと運動しただけで、すぐに熱を出して寝込んでいて。そのせいで保育園ではいつも、外で走り回って遊べなかった彼女。

そんな彼女をひとりぼっちにしてはいけないと、俺はたぶん子供心に思っていて。

外で遊びたいのを我慢して、いつもふたりで室内で遊んでいたのを覚えている。七海が誰かに意地悪をされたときには、俺が飛んでいって代わりにやり返してやったりもした。

物心がついた頃から、それは俺――土屋幹太《つちやかんた》にとって当たり前の日常だった。

七海を守ることが、俺に与えられた役目なのだと思っていた。

小学校に上がっても、中学校に上がっても、それは変わらなかった。しょっちゅう体調を崩す七海を保健室へ連れていったり、下校中に貧血《ひんけつ》を起こした七海を背負って家まで送ったり。

――かんちゃんがいてくれてよかった。

そのたび七海は、噛《か》みしめるようにそう言っていた。

何度も、何度も。

七海は俺を必要としてくれているのだと思った。か弱く頼りない彼女を、俺が守ってやらなければならないのだと。

だから高校も、ランクを落として彼女と同じ学校を選んだ。なにも迷うことなく。

俺にとって、七海の傍にいることが当たり前だったから。

そのときにも七海は言っていた。

——よかった。かんちゃんといっしょなら、安心だね。

なのに。

「あーあ……」

力無い声がこぼれる。

気づけば戻ってきていた高校の最寄り駅で、へたり込むようにベンチに腰掛ける。

ああ、なんか、これ、

「……死にたい」

ぼそっと呟《つぶや》いた声に重なり、電車の到着を告げるベルが鳴った。

続いて、三番乗り場に上《のぼ》り電車がまいります、のアナウンス。

俺はなんとはなしに顔を上げると、線路の向こうへ目をやった。青色の車両が近づいてくる。

乗ろっかな、とぼんやり思う。俺が家に帰るために乗らなければならないのは、上り電車ではなく下《くだ》り電車だけど。このまま家に帰っても、たぶんよけいに死にたくなる。それなら街にでも繰り出そう。そう思い立って、ベンチから立ち上がったとき。

「——だめです！」

そんな張りのある声と同時に、誰かが勢いよく視界にすべり込んできた。

びっくりして一瞬息が止まる。

まっすぐに俺の目を見つめたその子は、ずいっと俺のほうへ顔を突き出し、

「死ぬなんて、そんな！　ぜったいだめですから！　死んでも止めますから、私！」

至近距離から、必死の形相《ぎょうそう》で叫んできた。

──知らない女の子だった。

「……や、死なないし」

あっけにとられながら、とりあえず乾いた声でそれだけ返せば、

「じゃあなんで電車のほうを見ながら立ち上がったんですか！」

俺の行く手をふさぐように、やけに近い位置に立っている彼女が叫ぶ。

「なんでって……乗ろうと思ったから」

困惑しながら答えたとき、電車がホームに止まった。

ドアが開き、中から乗客が降りてくる。

それでも目の前に立つ彼女は動かずに。

「嘘です！　だってあの電車、上りですよ。土屋くんが帰りに乗るのは下りのはずです！　どこか遠くの駅へ行って、そこで電車に飛び込もうとか思ってるんじゃ！」

「……え」

数秒、俺は無言でその子の顔を見つめた。

やっぱり知らない女の子だ。

肩まである茶色い髪は、毛先がゆるく内巻きになっている。着ているのはうちの高校のブレザー。同じ高校の生徒だろうけど、まったく見覚えはない。クラスも委員会も掃除場所も違う。しゃべった覚えもない。

だったら、なんで、

「なんで知ってんの」

「え？」

「俺の名前とか、乗ってる電車とか」

ちょっと薄《うす》ら寒くなりながら、おそるおそる訊《たず》ねてみると、

「いつも同じ電車に乗ってるからです」

間を置くことなく、彼女はさらりと答えた。

「朝も、帰りも。だから土屋くんがどの駅で降りるのかも知ってます。いつも見てますから」

「……いつも？」

同じ高校に通っているのだから、同じ電車に乗ることは、なにもおかしなことではない。家の方向や帰る時間が同じなら、ごく当たり前のことだ。いつも同じ電車に乗っている人の顔や降りる駅を覚えてしまうことも、自然なことだと思う。

だけど彼女の言う〝いつも〟からは、どうにも違ったニュアンスが感じられた。

さっきから彼女が当たり前のように口にしている俺の名前も、なんとなく、友達を呼ぶときのような気安さというか、呼び慣れている感じがある。

「それより、死ぬなんてぜったいだめですよ！　たかが失恋ごときでそんな、ぜったい、ぜったいだめですから！」

気を取り直したように、彼女が説得を再開する。

胸の前で拳《こぶし》を握りしめる彼女の後ろで、電車のドアが閉まった。ゆっくりと動きだした電車が、ホームから消えていく。

「……失恋？」

「女の子なんて他にもたくさん、たくさんいるんですから。うちの高校だけでも三〇〇人以上いるんですよ。なのに、ひとりに失恋したぐらいで死ぬなんてバカもいいとこです、大バカです。ていうか、なんなら、私と付き合いましょう！　ね！」

まくし立てる彼女の言葉は、ほとんど耳に入らなかった。序盤《じょばん》で彼女が口にした単語だけが引っかかっていた。

失恋。失恋って。

「……なんで知ってんの？」

それはつまり、さっき俺が見た、七海と知らない男のキスシーンをこの子も見ていたということで。ということは、駅に来る前、この子もあの公園にいたということで。

それは、つまり。

「まさか……俺のことつけてた？」

「あ、はい」

あまりにさらっと返されて、一瞬反応が追いつかなかった。

え、と間の抜けた声が落ちる。

「つけてました。学校を出たところから。土屋くんがなんだか怖い顔してあのふたりのこと尾行《びこう》してたので、嫌な予感がして。あのふたりがいちゃいちゃしだしたあとなんか、めちゃくちゃ思い詰めた顔して歩きだすし。なにかしでかすんじゃないか、と心配になって。気をつけて見てたら、死にたいなんて呟くし、うつろな目で電車とか見ちゃってるし、これはやばいと思って声かけました」

俺は呆《ほう》けたように彼女の顔を見つめていた。

理解が追いつくと同時に、口の中が急速に渇《かわ》いていく。

「いや、ちょっと待って……」

思わず後ずさろうとしたら、ベンチに足がぶつかった。

「なに、いつも？　いつもそうなの？」

「なにがですか？」

「いつもそうやって、俺のこと見てんの？　あとつけたりしてんの？」

「はい！」

あいかわらずみじんも悪びれない返事が、即座に返ってくる。

まっすぐに俺の目を見据えた彼女は、正義感に満ちあふれた表情をして。

「いつも見てます、土屋くんのこと。朝も、学校でも、下校中も。見ててよかったです。今日、こうして土屋くんを止められたから」

本人を目の前に、堂々とストーカー宣言をしてみせた。

咄嗟に反応が追いつかず、俺が固まっていたら、

「というわけで、あらためて」

かまわず、彼女が言葉を継ぐ。電車が行ってしまったばかりのホームには、俺たち以外誰もいなくて、

「失恋したなら、私と付き合いませんか？」

「は？」

喧噪《けんそう》の消えたホームに、彼女の声だけが妙にくっきりと響いた。

「そうすれば少しは死ぬ気がなくなるかもしれません。私、きっと都合の良い彼女になれます。なんでも言うこと聞くし、わがままなんてぜったい言わないし、近いうちバイトも始める予定なので、少しぐらいなら貢《みつ》げます。服もメイクもぜんぶ、土屋く

ん好みに変えたっていいです。だから、本命の彼女なんて図々《ずうずう》しいことは言わないから、どうですか」

「……いや、悪いけど、結構です。てか、そもそも死ぬ気なんてないし」

なんだか急にどっと疲れがおそってきて、ふたたびベンチに腰を下ろす。

時刻表へ目をやると、あと五分で下り電車がやって来るところだった。街へ繰り出そうという気持ちもすっかり萎《な》えてしまったので、もう大人しく次の電車で帰ろう、と考えていると。

「本当ですか？」

「本当。だから安心して、もうほっといてください」

「いえ。安心はできないので、土屋くんの家まで送ります」

「……はあ!?」

ぎょっとした声を上げる俺にかまわず、彼女は俺の隣に腰掛ける。

「今はそんな気なくなってても、いつふっと死にたくなるかわかりませんから。さっきまでの土屋くん、この世の終わりみたいな顔してましたし。心配です」

「いや、マジで大丈夫だから。さすがに失恋ぐらいで死なないから」

思わずそう言い切ったあとで、ふと自分の口にした言葉に眉《まゆ》を寄せる。

失恋？　いや、いやいや。

「そもそも、失恋したって確定したわけでもないし」

そうだ。

さっきはつい逃げてしまったけれど、実際のところあのふたりがどういう関係なのかなんて、訊《き》いてみなければわからない。さっきの行動ももしかしたら罰《ばつ》ゲームとか、友達同士の悪ノリとかかもしれない。

七海がそんなことで男とキスしていたら、それはそれでショックだけど、まあそこはきっちり怒って、一度の過《あやま》ちなら見逃してやるぐらいの甲斐性《かいしょう》は——。

「え？　あのふたりの雰囲気はどう見ても付き合ってましたよ。土屋くんは失恋確定だと思います」

湧きかけた希望を、平静な声が容赦《ようしゃ》なく沈めてきた。

俺は顔をしかめ、そんな声の主のほうを睨《にら》む。

「わかんねえだろ、そんなの」

「わかりますよ。だって学校帰りに公園でキスですよ？　無駄な希望はもたないほうがいいです。どうせ裏切られるんですから、よけいつらくなるだけです」

「決めつけんなよ。なんにも知らないくせに」

そりゃあ他のやつならそうかもしれないけれど、あれは七海だ。七海のことは、この女より俺のほうが圧倒的によく知っている。友達がひとりできるたび、俺に紹介してきたような子だ。そんな子が、俺になにも言わず勝手に男と付き合いはじめるなんて、そんなこと……。

「望みのない子に未練がましくしがみつかないほうがいいです。傷つくだけで、なんにもいいことなんてないから。それより新しい恋をしましょう。それがいちばん建設的ですよ」

「……うるせぇよ」

反論の声は、情けないほど力がなかった。

簡単に言うな。

惚《ほ》れた腫《は》れたの話ではないのだ。十五年だ。俺の人生、ほぼ七海のために生きてきたようなものだった。それを簡単に、だめなら次なんていけるか。俺には七海以外無理だ。考えられない。

……七海も、そうなのだと思っていた。

途方に暮れた気分でうつむいていたら、ベルが鳴った。下り電車がまいります、のアナウンス。

それに反応して立ち上がると、当然のように隣の彼女も立ち上がった。

「……マジでついてくんの?」

「はい。というか、私も家に帰るためにはこの電車に乗らないといけません」

「……ああ、そっか」

それなら一本見送って次の電車に、とも考えたけれど、どうせそうしたら彼女も「じゃあ私も」と言いだすのは見えていたので、もうあきらめることにした。

やって来た電車にふたりで乗り込む。そうして空いていた扉近くの席に、向かい合って座った。

「どこで降りんの?」

「中町《なかまち》駅です」

間を置かず返ってきたのは、俺の最寄りの駅名だった。

「いや、それは俺の降りる駅だろ。あなたの最寄り駅は?」

「私の最寄り駅も中町駅です」

「……本当に?」

「本当です」

かなり疑わしかったけれど、問い詰めたところで勝てる気がしなかったので、やめた。

「そういや、名前は」

「坂下《さかした》季帆《きほ》と言います。季節の季に、船の帆で、季帆です。季帆って呼んでください。土屋くんのクラスの隣の、一年四組です。よろしくお願いします」

あらためて、正面に座る彼女の顔を眺めてみる。

よく見るとわりとかわいい気もする。タイプではないけれど。薄く染めているらしい茶色い髪とか、人工的な色味がのった頬とか唇とか、全体的にチャラい。俺はこういう華やかさより、もっと素朴で清楚《せいそ》なかわいさのほうが好きだ。七海みたいな――。

考えかけて、すぐにやめた。振り払うように一度頭を振ってから、訊ねる。

「あのさ」

「はい」

「忘れてんならごめん。どっかでしゃべったことあるっけ？　俺ら」

はい、と返事ははっきりとした調子で返ってきた。

「今年の四月十四日の朝に」

「え」

「電車でしゃべりました。私と、土屋くん」

よどみなく告げられた具体的な日付に、また一瞬薄ら寒いものが込み上げる。今は十月。四月なら、もう半年くらい前のことだ。

「え……そうだったっけ」

「はい、一言二言だけでしたけど」

そこまで聞いても、さっぱり思い出せない。だから本当に、一言二言しか話していないのだろう。寝ていて乗り過ごしそうになっていたこの子に声をかけたとか、そんな感じだろうか。

「じゃあ、そのときから、俺のことを？」

「はい。それからずっと見てます、土屋くんのこと」

「……そう」

そんな一言二言の会話で惚れるなんて、ひと目惚れかなんかだろうか。もしかして俺ってイケメンなのか。今まで気づいていなかっただけで。

中町駅で降りると、季帆は当然のようにいっしょに駅を出て歩きだした。

このままだと本当に家までついてきそうだったので、「あ、あのさ」とあわてて声をかける。

「俺、ちょっと寄りたいとこあるから」

「はい。じゃあいっしょに」

「いや、ひとりで行きたいとこなんだ。だからここで別れよう」

「え……どこに行く気ですか？　まさか……」

なにを想像したのか、ふっとけわしい顔になる季帆に、

「いや、たいしたとこじゃないから。つーか本当に死ぬ気とかないから、大丈夫だから」

いそいで釘《くぎ》を刺しても、季帆はまだ疑わしげに「本当ですか？」と俺の顔を覗《のぞ》き込んでくる。

「これが最期《さいご》になりませんか？」

「ならないって」

「……じゃあ」

少し考えたあとで、季帆はおもむろに肩に提《さ》げていた鞄《かばん》を開けた。中からスマホを取り出す。

「私の連絡先を教えますので、夜にでも一度連絡ください。一言でいいので、生存確認させてください」

「……生存確認て」

どんだけ信用されてないんだ。

だけど家についてこられるよりはマシなので、それぐらいは譲歩することにした。

頷《うなず》いて、彼女と連絡先を交換する。

「ぜったいですよ。確認がとれるまでずっと待ってますから。日付を越えても連絡がこないようなら、家まで行きますから」

家知ってんのかよ、とは、なんとなく怖くてつっこめなかった。

【ちゃんと生きてます。おやすみ】

送らなかったら本当に家まで押しかけてきそうな気がしたので、寝る前、言われたとおり季帆に生存報告をしておいた。

【よかったです。おやすみなさい】

五秒後に返ってきた季帆からの返信は、意外とシンプルだった。会話を続けようとすることもなく、その一通でやり取りは終わった。

七海からは、特になんの連絡もなかった。

寂しいようなほっとしたような、複雑な気分だった。今日、男のことを報告されたら、俺は彼女になにを言っていたかわからないから。もちろんこちらからも、なにも連絡はしなかった。


翌朝、いつもと同じ電車に乗って学校へ向かう。

七海はいない。今日も一本早い電車に乗ったらしい。

高校に入学したばかりの頃は毎日いっしょに登校していたのに、最近は七海と朝会うことはほとんどなくなった。七海が生徒会に入り、俺と登校時間がずれたから。

夏休み前に七海が突然、生徒会に入ることにしたと言ってきたとき、どうせ名前だけの在籍だろうと思ってろくに反対しなかったことを、今は痛烈《つうれつ》に後悔している。

生徒会がこんなに忙しいものとは知らなかった。放課後だけでなく、ときには早朝や休日にまで活動しているらしい。おかげで、俺が七海といっしょに過ごす時間は格段に減ってしまった。

……そのせいじゃないのか。

俺と七海の時間がすれ違うようになったから。そのあいだに七海とあの男が近づいてしまったのではないか。着崩したところのない制服とかを見るに、なんとなく真面目そうで、生徒会に入っていそうな感じの男だったし。

そもそも、七海はどうして急に生徒会に入ろうなどと思ったのか。中学の頃は、生徒会なんてまったく興味もなさそうだったのに。

……まさか、あの男がいたから？

嫌な考えが頭の隅をよぎって、振り払うように顔を上げる。

そこでふいに、視線を感じた。

座席は埋まっているけれど、すし詰めというほど混んではいない車内。俺がいるのは二両目の先頭のドア近く。なんとなく、毎朝決まってこの場所に乗っている。

嫌な予感が湧く。

ゆっくりと横を向いた先、やはりいた。

薄く染めた茶色い髪。うちの高校の白いブラウスに、羽織《はお》った紺《こん》のカーディガン。

――いつも同じ電車に乗ってます。いつも見てます。

季帆は同じ車両の真ん中のドア近くに、こちらを向いて立っていた。

目が合うと、にこりと笑って小さく手を振ってくる。けれどこちらへ歩いてくることはなく、かといって視線を逸《そ》らすでもなく、じっと俺のほうを見つめつづけていた。

彼女の言葉どおり、本当にただ、俺を見ているだけ。

毎朝、季帆はこんなことをしていたのだろうか。まったく気づかなかった。

離れた位置から一方的に見られているのは居心地が悪かったので、仕方なく俺のほうから季帆のもとへ歩いていく。

「……おはよ」

「おはようございます、土屋くん。無事でなによりです」

「だから、死ぬ気とかないって」

朝から一気《いっき》に疲れた気分で、季帆の向かい側に立ち、壁にもたれる。

「いつもこんな感じで見てたの？」

「はい、だいたいいつもこの場所から。気づきませんでした？」

「ぜんぜん気づかなかった」

今思えば、なぜ気づかなかったのか不思議だ。あれだけガン見されていたのに。

「……駅、いたっけ？」

「いました」

　みじんの隙もなく即答されたけれど、ぜったいいなかった。いたらさすがにそこで気づく。やっぱり季帆の最寄り駅は、中町駅ではないらしい。

　どうしてここまでするのだろう。

　半年前に一言二言しゃべっただけの男に。

「……なあ」

「はい」

「なんで俺なの」

　思わず口をついていた疑問に、季帆が俺を見た。

　彼女は軽く目を細め、穏やかに笑うと。

「あの日、土屋くんが私に声をかけてきたからです」

「あの日？」

「四月十四日の朝。この時間の電車で」

　ふたたび出てきたその日付に、首を傾《かし》げる。

「……俺、なんかそんな大それたこと言ったのか？」

「いえ、ぜんぜん。私が駅に着いても電車から降りずにいたから、心配して声かけてくれただけです。大丈夫？って。話したのはそれだけ。そのあと駅員さんを呼んできてくれました。ホームに具合の悪そうな人がいる、って」

言われて、少しだけ記憶がたぐり寄せられた。

四月。まだ高校に入学したばかりの頃。たしかに、朝の電車で具合が悪そうにしていた女の子に声をかけたことがある気がする。以前、七海が登校中に倒れたことがあったから。顔色の悪かったその子を、見逃せなかったのだろうと思う。

……だけど、それは、季帆だっただろうか。

季帆がこう言っているから、そうなのだろうけど。

記憶の中ではどうにも違った気がして、なんだかしっくりこなかった。

七海と顔を合わせたのは、朝のホームルームが始まる前の空き時間だった。

「かんちゃん、今ちょっといい？」

俺のクラスにやって来た七海は、そう言って俺を教室から連れ出した。

最初は廊下で話すつもりだったけれど、人通りが気になったらしい。「あっち行こ」と歩きだした七海は、喧噪から離れた渡り廊下まで移動したところで、ようやく足を止めた。

「──あのね」

はにかむような笑顔で、七海が俺のほうを向き直る。

七海は俺より頭ひとつ分ぐらい背が低いから、ちょっと見下ろすような姿勢になる。柔らかそうなショートボブの黒髪は、心なしか、いつもより丁寧に整えられている気がした。少し大きめのカーディガンから覗《のぞ》く手首は、あいかわらず折れそうに細い。

「ちょっと、報告というか……かんちゃんに、伝えておきたくて」

もうその時点で、続く内容は充分すぎるほど察しがついていた。

「えっと」と頬を赤くした七海は、うつむいて、ちょっと言いづらそうに口ごもる。

それから、

「昨日ねっ、わたし、彼氏ができました！」

「……ああ、うん」

なにも裏切ってくれることはなく、ただただ予想どおりの言葉を続けた。

これで、もう否定する隙なんてみじんもなくなってしまった。九九パーセントだった確信が、一〇〇パーセントになった。

……昨日だったのか。

だったら昨日の俺は、カップルが誕生するその瞬間を見ていたのだろうか。

どのタイミングだったのだろう。手をつなぐ前か、キスの前か。

そんな愚《ぐ》にもつかないことを考えて、俺が黙り込んでいるあいだに、

「同じクラスの人でね、樋渡卓《ひわたりすぐる》くんっていうんだけど」

俺の反応の薄さにかまわず、七海は浮き立った口調で続ける。

「かんちゃん、樋渡くんのこと知ってる？」

「知らない。覚えとく」

ひわたりすぐる。

刻み込むように、その名前を頭の中で反芻《はんすう》する。

「……前から仲良かったのか？」

「うん。樋渡くん、生徒会にも入ってるから、いっしょに過ごす時間も多くて。それで仲良くなって」

ああ、やっぱりあいつも生徒会なのか。

なんであの日の俺は、七海の生徒会入りを軽く了承《りょうしょう》してしまったのだろう。こんなことになるなら、全力で反対しておくべきだった。

「……七海は」

「ん？」

「ちゃんと好きなの？　そいつのこと」

「え？　うん」

七海はきょとんとした顔でまばたきをしてから、頷いた。

「そりゃ、もちろん。じゃなきゃ告白なんてしないよ」

「……え？　こくはく？」

一瞬、なにを言われたのかわからなかった。

告白？

「七海が、したの？」

「うん、そうだよ」

俺はあっけにとられて七海を見た。

幼い頃の面影《おもかげ》が残るあどけない表情で、七海は照れたように前髪をいじりながら答える。

「がんばっちゃった。すっごい緊張したけど」

まさか。

信じられない思いで、俺は見慣れた幼なじみの顔を見つめる。

七海から、告白した？　あの七海が？

気が弱くて大人しくて、引っ込み思案で。人に話しかけるのが苦手で、高校に入学するときも、わたしちゃんとクラスになじめるかな、なんて心配していた七海が。クラスメイトの男に、好きだと言った？　わたしと付き合ってください、って？

まったく想像がつかなかった。俺の知っている七海では、どうしても想像と重ならない。七海にそんなことができるなんて、信じられない。

ふたりが付き合っているのだとしても、押しに弱い七海が相手の男にほだされる形で付き合いだしたのだと思っていた。当たり前のように。それしか考えられなくて、それが、せめてもの救いになっていたのに。

——そこまで、好きだったということなのか？　あの男のことが？

「なんで」

「え？」

「なんで、好きになったの？　そいつのこと」

えっと、と七海は目を伏せ、少し恥ずかしそうに頬を染める。

「樋渡くんってね、すごく優しいから」

「……優しい」

「うん。勉強とか、いつも教えてくれて」

——そんなの。

口をつきかけた言葉は、寸前のところで呑《の》み込んだ。

それぐらいの優しさなら、俺のほうがずっと与えてきたはずだ。

小学校でも、中学校でも。

勉強が苦手な七海に、勉強を教えてきたのは俺だった。朝、その日七海が授業で当てられそうな問題の答えを教えてあげたり、どうしても間に合わない宿題は写させてあげたり。高校入試の前も、自分の勉強の合間に七海の勉強を見てきた。最初はC判定だったこの高校に無事合格できたときも、「かんちゃんのおかげだよ、ありがとう」なんて七海はうれしそうに笑っていたのに。

それらは七海にとって、優しさだと思わなかったのだろうか。

七海の中では、なにもカウントされていないのか。

目の前ではにかむように笑う七海を眺めながら、俺は呆然《ぼうぜん》とそんなことを考えていた。

「土屋くん大丈夫ですか？」

「うわっ！」

七海と別れ、教室に戻ろうとしたところで、ふいに声をかけられた。

思わず素《す》っ頓狂《とんきょう》な声を上げながら振り返ると、すぐ後ろに季帆が立っていた。案の定。

「……見てたのか」

「はい、一部始終」

あいかわらずみじんも悪びれず即答してから、季帆は心配そうに顔を覗き込んでくる。

「さっき、土屋くん、なんだか引導《いんどう》を渡されているみたいでしたけど」

「……引導て」

「気をしっかり持ってくださいね。今まさに死にたいピークかもしれませんが、落ち着いてください。とりあえず席に座って、一限目の授業を受けましょう！」

「言われなくてもそうします。別に死にたくもないし」

いや、気分的にはとても死にたいけれど、さすがに本気で死ぬ気なんてない。それより今は早く机に突っ伏したい。突っ伏して、ひとしきり打ちひしがれたい。

「ほんとに大丈夫ですか？」

「大丈夫だって。そんなに心配しなくても」

どんだけ俺は死にそうに見えているんだ。

「いいですか、土屋くん」

季帆はずいとこちらに顔を近づけ、真剣な表情で俺の目をまっすぐに見据えると。

「もしどうしても死にたくなったときは、私のことを思い出してください」

「は？」

「私は今すぐにでも土屋くんと寝たっていいと思ってます」

「はい⁉」

声量も絞らず告げる季帆に、俺は思わずぎょっとして辺りを見渡した。さいわい、近くに人の姿はなかった。たぶん誰にも聞かれていない。あわてて俺がそれを確認しているあいだにも、季帆は真剣な口調のまま続ける。

「童貞《どうてい》のまま死ぬなんて嫌ですよね？　だからどうしても死にたくなったら、その前に私のところに来てください。死ぬ前にせめて、童貞を捨ててから死にましょう。ね。そうしましょう。約束です」

「……なんで童貞だって決めつけてんだ」

「え、そうでしょう？」

「……そうだけど」

約束ですよ、と最後まで大真面目な顔で念を押してから、季帆は自分の教室のほうへ歩いていった。


「なあなあ」

教室に戻ると、席に着くなり、前の席の矢野《やの》がちょっと興奮気味にこちらを向いた。

「さっきしゃべってたの、例の転校生じゃなかった？　お前仲良いの？」

「は、転校生？」

なにを訊かれたのかよくわからず、聞き返しながら顔を上げると。

「さっき、土屋が教室の前でしゃべってた女子。あれ、このまえ四組に来た転校生だろ？　なんだっけ、坂下さんだったっけ？」

「え？」

俺は驚いて矢野の顔を見た。

「あいつ、転校生なの？」

強張った声で訊ねる俺に、「え？」と矢野のほうも驚いた顔をしていた。

「なに、知らなかったん？　二学期から転校してきたじゃん。転校生とかめずらしいし、しかもかわいい子だったし、けっこう話題になってたと思うけど」

「……知らなかった」

マジか、と矢野はあきれたように呟く。

「お前ほんと、七海ちゃん以外の女子に興味なさすぎだろ」

矢野の軽口に反応する余裕はなかった。

どうにもおぼろげだった記憶が、急につながる。

四月。朝の電車。顔色の悪い女の子。

たしかに声をかけた。ホームのベンチに座らせ、駅員さんを呼びにいった。あれはたしかに季帆だった。記憶が噛み合わなかったのは、あの日の季帆が、紺色のセーラー服を着ていたからだ。うちの高校のブレザーではなく、近所にある女子校の制服を。

──それからずっと見てます、土屋くんのこと。

──いつも、見てます。

最初に季帆と言葉を交わしたときに感じた薄ら寒さが、また這《は》い上がってくる。

いや、まさか。

まさか。

さすがに俺に会いたいためだけに転校するなんて、そんなことするわけがない。別に違う高校に通っていたって告白はできる。付き合うこともできる。だからたまただ。そうに決まっている。ただ、なにか事情があって転校しただけ。

そう言い聞かせてはみたものの、たいして離れているわけでもない、偏差値や進学実績もパッとしない高校に、わざわざ年度途中で編入する理由なんて、さっぱり思い浮かばなくて困ってしまった。

「土屋くん、いっしょにお昼食べましょう！」

昼休みも、季帆はそう言って俺の前に現れた。手にはコンビニのビニール袋をぶら下げて。

「……あー、うん」

咄嗟《とっさ》に断る理由も思いつかず、俺は曖昧《あいまい》に頷いて立ち上がる。そうして促されるまま、季帆といっしょに中庭へ移動した。

中庭には、他にも数人の生徒がいた。それぞれ友達同士でベンチに座り、お弁当やパンを広げている。

「私、あれからずっと考えてたんです」

俺たちも空いていたベンチに並んで座ったところで、季帆が唐突に切り出した。

「なにを？」

「土屋くんの死にたい気持ちを癒《い》やす方法。それで、やっぱりいちばんいいのは、私と交際することなんじゃないかと」

「……は？」

真面目になにを言いだすのかと、眉を寄せて彼女のほうを見れば。

「失恋してひとりでいると、どうしても思い詰めちゃうと思うんです。誰かといっしょにいて、気を紛らわすほうがいいと思うんです。だからいちばんは、彼女を作ることじゃないかなって」

「……いや、でも」

わかってます、と季帆は張りのある声で俺の言葉をさえぎった。

「土屋くんが私のことなんて好きじゃないのは。それでいいんです。昨日も言ったけど、ほんとに、都合良く扱ってもらっていいんです。なんでも言うこと聞くし、わがままなんてぜったい言わないし、ぜんぜん大事になんてしなくていいから、ただ、私を土屋くんの傍に置いてくれませんか」

こちらを見つめる季帆の顔は、思いがけなく真剣だった。

一瞬、息が詰まる。

ああ、やっぱり。ふいに思う。

やっぱり彼女は、俺を追って転校してきたのかもしれない。

「……なあ」

俺は弁当箱のフタを開けかけた手を止め、季帆を見た。

「季帆って、二学期からうちに転校してきたのか？」

「あ、はい。そうですよ」

「……なんで？」

季帆はまっすぐに俺の顔を見つめたまま、

「土屋くんと同じ学校に通いたかったからです」

なんの迷いもない口調で、そう告げた。

嘘ではなかった。間違いなく。それだけはわかった。

「土屋くんを見ていたかったんです。ずっと、学校でも」

言葉どおり、季帆はたしかにずっと俺を見ていた。

二学期から転校してきたのなら、もうこの学校に来て一ヶ月は経っている。だけどそのあいだ、季帆が俺に接触してくることは一度もなかった。

昨日まで。本当にただ、見ているだけ。

「なんで俺」

「土屋くんがあの日、私に声をかけてきたからです」

返されたのは、昨日と同じ答え。聞いても、ちっともわからない答え。

あの日、季帆とろくな会話をしなかったことは、俺も思い出した。

大丈夫？ 顔色悪いけど。座ってたら？ ぐらいだ、たぶん。季帆にいたってはただただぼうっとしていて、なにもしゃべらなかった気がする。

たったそれだけのことで、なぜここまで入れ込むのか。転校までするほど。

わからない。さっぱりわからない。

ただわかったのは、

「……ごめん」

「え？」

彼女が本気で、だから俺も、彼女には真摯《しんし》に返さなければならないということで。

「さっきの話だけど」

「さっき？」

「季帆が言ってた、付き合うっていう」

「ああ、はい」

俺はまっすぐに季帆の目を見つめた。短く息を吸う。

「悪いけど、それはできない。季帆とは付き合えない。俺は」

口に出して、よりいっそう気持ちがはっきりするのを感じた。

「七海以外、考えられない。まだ。どうしても」

季帆はじっと俺の言葉を聞いていた。

やがて短い沈黙のあとで、静かに確認してくる。

「あきらめない、ってことですか。あの子を」

「……そうだな」

「わかりました」

季帆の声は、思いのほか落ち着いていた。消沈《しょうちん》の色もなく、むしろこの答えが返ってくることは予想していたみたいに。

「じゃあ、そっちの方向でいきましょう」

「そっち？」

「七海さんをあきらめず、前向きに寝取《ねと》る方向で考えましょう」

「……は？」

その言葉をリアルで聞いたのは、はじめてのような気がした。

そのせいか、なんだか現実感が伴わず、少し反応が遅れた。

寝取る。寝取るって。

「……いや、いやいや、なに言ってんの」

意味を理解すると同時に、上擦《うわず》った声があふれる。一瞬、その光景を想像してしまって。

俺が、七海を？

「だってあきらめきれないなら、それしかないじゃないですか。大丈夫です。結婚してるわけでもないし、しょせん高校生同士の恋愛なんて脆《もろ》いもんです。力ずくで奪っちゃえばこっちのもんですよ、きっと。だからがんばりましょう。私も協力しますから、七海さんを奪い返しましょう！」

力強い笑顔で、季帆が拳を握りしめてみせる。

その表情は、たしかに前向きだった。はきはきとした明るい声も。

俺はあっけにとられて、そんな季帆の顔を眺めていた。

「え……本気で言ってる？」

「はい、もちろん」

「意味わかって言ってんの？」

季帆があまりに躊躇《ちゅうちょ》なく口にするものだから、ふと疑わしくなって訊いてみると。

「もちろんです。本で読んだし、ドラマでも観たことあるし、ばっちり理解できてます。経験はないですけど、知識ならたぶん人並み以上にありますので、ご心配なく」

誇らしげにそんなことを告げる季帆に、どんな本読んでんだよ、とつっこみたくなる言葉は呑み込んでおいた。

「いや、でも、季帆はそれでいいわけ？」

「はい。それで土屋くんが元気になるなら、それがいちばんです」

わけがわからない。お前、俺のことが好きなんじゃないのか。転校するぐらい。

「さて。そうと決まれば、作戦を立てましょうか」

混乱する俺は放って、季帆は持ってきたクリームパンの袋を開ける。

「まずはあのふたりを仲違《たが》いさせないといけませんね。なにか彼氏さんのほうにクズなところでもあればいいんですけど」

パンをかじりながら、真面目な顔で考えだしたので、

「いや、待って」

「なんですか？」

「無理だって、今更」

そう口を挟《はさ》めば、季帆はきょとんとした顔で俺を見た。

「今更って、昨日のことでしょう？」

「そうじゃなくて。俺と七海が出会ったのは、十五年前だぞ」

十五年。保育園でも小学校でも中学校でもいっしょにいた。思春期の男子にありがちな、好きな子に冷たく当たるなんてことも一切せず、ただただ最大限に優しくしてきた。十五年間、ずっと。

それで半年前に出会った男に、「優しいから」という理由で負けたのだから。

今更、ここからどう逆転するというのか。

「でもあの彼氏さん、そんなすごいイケメンってわけでもなかったですし。土屋くんが負けてるとも思いません」

それは、正直俺も思った。遠目にしか見えなかったけれど。とりあえず人目を引くようなかっこよさはない、いたって平凡な男だった。

ただ、だからこそ、よけいにこたえた。

外見で選んだわけではないのなら、本当に純粋に、「優しさ」で負けたのだろうから。

「私は土屋くんの顔のほうが好みです。圧倒的に」

「……それはどうも。てか、そういうことじゃなくて。七海は」

次の言葉を口にしようとしたら、ぎりっと胸の奥が痛んだ。

軽く唇を噛む。

「十五年いっしょにいたのに、俺を好きにならなかったってことだから。それを今更、ね……、寝取るってどうすりゃいいんだよ」

「たしかに、それもそうですね」

絞り出すような俺の言葉に、なんともあっさり頷いてみせた季帆は、

「──じゃあ、彼氏のほうにしましょうか」

「は？」

「私が、七海さんの彼氏を奪います。この方向でいきましょう」

淡々《たんたん》と言いながら、スカートのポケットからスマホを取り出した。

「……は？　はあ？」

絶句して、そんな頭の悪い返ししかできずにいる俺にはかまわず、

「土屋くん、その彼氏さんのことなにか知ってるなら教えてください。名前とかクラスとか部活とか」

季帆は片手で器用にスマホを操作しながら言った。

見ればメモ帳のアプリを開いている。情報を書き込もうとしているらしい。

「え、なに、本気？」

「もちろんです。土屋くんが吹っ切ることができないなら、この方法しかありません。

私が七海さんの彼氏を寝取り、傷心の七海さんを土屋くんが慰《なぐさ》めてゲット。うん、これでいきましょう！」

「え……い、いや、でも」

だからお前、俺のこと好きなんじゃないの？とはさすがに訊けなかった。

困惑して季帆の顔を見つめる俺に、季帆はあいかわらず力強く笑って、

「まかせてください、土屋くん。土屋くんが明日も生きたいと思えるよう、私、身体張ってがんばりますから！」

途方に暮れるほどまっすぐな目で、ぐっと拳を握ってみせた。

第二章　眼鏡と三つ編み

「このまえの模試の結果出たってよー」

「マジ？　見にいこー」

後ろの席にいるクラスメイトの会話が耳に入って、俺も立ち上がった。

そういえば、今日は先月行われた模試の結果が出る日だった。二学期に入って、最初に行われた模試の。

教室を出て、一階に下りる。成績表は、職員室前の掲示板に貼られる。

順位なんて、見なくてもわかっている。入学してから半年のあいだ、俺の名前がいちばん高い位置から動いたことは一度もない。だから別に、今回も一位とれたかな、なんてドキドキはない。ただ、確認しておくだけ。全国偏差値とか、二位のやつとの点差とか。

職員室前には、普段はない人だかりと喧噪があった。

中には矢野もいて、俺を見つけると意気込んだ様子で声をかけてきた。

「お、つっちー残念だったなー」

「あ？」

妙ににやけたその顔と向けられた言葉に、眉を寄せる。

人混みの中心にある成績表に目をやる。

探す必要はない。俺の名前がある位置は決まっているから。上位五十人の名前が並ぶその、いちばん上に――。

「……は？」

なかった。

俺の定位置だったはずのその場所にあったのは、

「あの転校生、頭良いんだなー。頭良い学校から来たんかな？」

――『坂下季帆』の名前。

俺は信じられない思いで、その光景を眺めていた。

俺の名前は、季帆の下にある。

点数差は十二点。俺と三位のやつより大きい。

「土屋くん」

まさかの事態に面食らう俺の背中に、声がかかった。

ここ数日、おそらくいちばんよく聞いている、高い声。

「二位なんてすごいですね。勉強できるんですね、土屋くんって」

「……いや、お前のほうが上じゃん」

眉をひそめながら振り返る。嫌みか、と続けかけた言葉は喉《のど》で消えた。

「え？」

代わりに、間の抜けた声が漏《も》れる。

「季帆？」

「はい、季帆です」

「なんだよ、それ」

「それとは」

「その髪とか、眼鏡とか」

そこにいたのは、三つ編みを肩に垂らし、黒縁の眼鏡をかけた季帆だった。

昨日まで茶色く、ゆるく毛先が巻かれていた彼女の髪。それが真っ黒になり、きっちりとした三つ編みにされている。顔には大きめの黒縁眼鏡。よく見れば化粧も格段に薄くなっていて、スカートの丈も昨日までより長い。

「はい、イメチェンしました」

「……なんで急に」

「樋渡くんを寝取るための、前準備です」

「ちょっ――」

あいかわらず声量を落とさない季帆に、ぎょっとする。あわてて周りを確認したけれど、誰も聞いてはいないようだった。

俺は季帆の腕を引き、人混みから離れた階段下のほうまで移動してから訊ねる。

「なに、どういうこと？」

「樋渡くんの好みに合わせてみました。樋渡くん、こういう清楚で素朴な感じの女の子がタイプかなって」

季帆はなんだか得意げな表情で、眼鏡のフレームに触れながら答えてみせる。

「樋渡に聞いたの？」

「いえ、想像です。七海さんと付き合うということは、こういう子がタイプかなと。こういう、まだなににも染まっていない系女子を、自分色に染めたい願望があるに違いないです」

「……七海、そんなださくないだろ」

正直、清楚で素朴というより、単純に芋《いも》くさい。七海は少し地味目なだけで、もっとふつうにかわいい。

「え、いまいちですか？」

「いまいち。なんつーか、やりすぎ。もうちょい適度にしろよ」

「うーん、わかりました。検討します」

自分のおさげに触れながら、真面目な顔で呟く季帆に。

「……つーか、お前」

「はい？」

本気だったんだな。

わかってはいたけれど、激変した彼女の髪型に、あらためて突きつけられる。三つ編みはともかく、色まで変えるのはなかなか面倒なはずだ。

私が奪います。昨日聞いた季帆の声が、頭に響く。

——本当に。

どうしてここまで、するのだろう。

いいよ、と俺は額を押さえながら呟いた。

「え？」

「そんなこと、しなくていい。好きでもないやつを寝取るとかさ、なにも俺のためにそこまで」

「別に土屋くんのためじゃないですよ」

静かだけれどはっきりとした声で、季帆は言った。

「え？」

「私がしたいからするだけです。だから土屋くんになんて言われようと、します。土屋くんはただ、七海さんとの関係を切らずに待っていてください。やけになって冷たく当たったりしたらだめですよ。ちゃんと優しい幼なじみのまま、七海さんの傍にいてくださいね」

淡々と告げる季帆の表情には、言葉どおり、俺がなにを言っても揺るぎそうにない意志があった。

俺はひたすら困惑して、そんな彼女の顔を眺めていた。

季帆がなにを考えているのか、さっぱりわからなかった。


「かんちゃーん、帰るのー？」

その日は久しぶりに、学校を出たところでそんな声が追いかけてきた。

昔から変わらない、ちょっと舌《した》っ足《た》らずな高い声。こちらへ駆けてくる、小走りの足音。

振り返ると、少し息を切らした七海がいて。

「走るなよ、危ない」

「大丈夫だよー、ちょっとぐらい。今日は体調良いし」

あっけらかんと笑う七海の背後に、俺は思わず視線を走らせていた。

季帆の姿は見えない。

「どうかした？」

「ああ、いや。あいつ……樋渡は？」

「生徒会のお仕事。遅くなりそうだから、先帰っていいよって」

走ったせいで乱れた前髪を軽く整えながら、七海が俺の隣に並ぶ。

「生徒会なら、七海もじゃないの？」

「わたしは下っ端だけど、卓くんは書記だから。わたしより忙しいんだ」

もしかして、それで季帆はいないのだろうか。七海のいない今、チャンスとばかりに樋渡に接近しているのかもしれない。

「……待っとかなくていいのか、樋渡」

「いいよ。どうせ帰る方向も違うし。それに、わたし今日病院の日だから」

もちろんそんなこと知る由《よし》もない七海は、なんの危機感もない笑顔で。

「かんちゃんといっしょに帰るの、久しぶりだね」

「そりゃ、お前が生徒会なんて入ったから」

返す声に、思わず恨めしげな色がにじむ。

「……なあ、大丈夫なのか？」

「へ、なにが？」

「生徒会。相当忙しそうだけど。身体きつくない？」

大丈夫、と七海は明るく笑って。

「むしろ最近、すごく調子いいの。元気いっぱい。今日ね、体育にもちゃんと参加できたんだ。はじめてバスケしたよ」

「バスケ？」

うれしそうにそんなことを告げる七海に、俺はぎょっとして聞き返す。ちょっと走っただけで倒れたこともあるくせに、バスケって。

「やめろよ。また倒れたらどうすんの。体育は見学しろって言われてんだろ」

「体調が悪いときは、だよ。今日はなんともなかったもん。元気なのに見学するのも変でしょ」

「体育なんかしなくていいじゃん。見学していいって許可もらってんだから」

俺はため息をついてから、イライラと頭を掻いた。

このやり取りも、もう何度目になるかわからない。

七海は自分の身体を過信《かしん》しがちだ。ちょっと体調が良いとなんでもできる気になって、すぐ調子に乗る。そのせいで何度体育の授業中に体調を崩したことか。

そんな彼女を、何度背負って保健室へ連れていっただろう。

「大丈夫だよ。元気なときは体育したいもん、わたしだって」

「それで無理して倒れたらどうしようもないだろ」

「無理はしてないよ。自分の身体のことは自分でわかるし」

「わかってないから倒れるんだろ」

だいたい、七海の言う「大丈夫」ほど信用できないものもない。

登校中に倒れたあの日も、朝から真っ青な顔をしていた七海に、俺は何度も、今日は休んだほうがいいと言ったのに。

七海は大丈夫だから学校へ行くと言い張って、だけどけっきょく、学校にたどり着く前に倒れてしまった。倒れる直前まで、真っ青な顔で「大丈夫、心配しないで」とか言いながら。

「いいから、体育はちゃんと見学しろよ。これから」

「えー」

「えーじゃない」

語気《ごき》を強めると、七海は不満げに唇をとがらせて、

「なんかかんちゃんて、お父さんみたい」

なんて言われて、唖然《あぜん》とした。

お父さん、と呆けたように繰り返す。

「……せめてお兄ちゃんだろ」

「いやー、この口うるささはお兄ちゃんっていうより、過保護なお父さんだよ」

口うるさい、と俺はまたバカみたいに繰り返す。

以前から何度か向けられてきたはずのそんな言葉が、今は妙に胸に刺さった。

樋渡は言わないのだろうか。こういうこと。

言わないんだろうな。「優しい」らしいから。

七海が体育がしたいのだと言えば、もちろんなにも反論なんてせず、笑顔で頷くのだろう。そんな、甘いだけの優しさをくれるのだろう。

だってたぶん、樋渡はなにも知らないから。

昔から〝みんなといっしょ〟にこだわって、身体の弱さを見て見ぬ振りしようとする七海も。そうやって無理したあと、何日も寝込むことになる七海も。そんな彼女を、何年間も傍で見てこなかったから。だからただ、彼女に甘いだけの優しさをあげられるのだ。無頓着《むとんちゃく》に。

そんな不公平さを噛みしめて、俺がつい黙り込んでいたら、

「あ、そういえば模試の結果出てたね。あいかわらずすごかったねー、かんちゃん」

思い出したように七海が言った。にこにこと無邪気な笑顔がこちらを向く。

「ほんと頭良いよねー。すごいな」

「すごくない。二位だったし」

せっかく忘れていたことを思い出して、俺が苦々しく呟くと、

「え、すごいよ。一位も二位も変わらないよ」

「いや変わるだろ、一位と二位は」

「わたしからしたらどっちもいっしょだよ。どっちもすごすぎだもん」

子どもっぽい笑顔で、そんな子どもっぽいことを言う。

ふいに喉の奥から苦いものが込み上げてきて、俺は七海の顔から目を逸らした。

そりゃ、お前にとってはそうなんだろうけど。

心の中でだけ吐き捨てる。

そもそも、成績が上位なのは当たり前なのだ。本来俺が狙える高校より、だいぶランクを落とした高校に通っているのだから。だから別に、俺の成績なんて全国偏差値で見ればたいしたことはない。

本当にそこでいいの、と。受験のときには、担任の先生にも両親にもしつこく確認された。

そのたび俺は、迷うことなく頷いていた。あなたの成績ならもっと上の高校に行けるのに、とか何度言われても、そんなことはどうでもよかった。あの頃の俺は、七海と同じ高校に行くことしか頭になかった。

今思えばバカみたいだ。

なんで俺、こんなレベルの高校に通っているんだろう。なんのために。

――ああ、俺も転校したい。

ふいにそんなことを思う。

あいつみたいに年度途中の編入を、なんてちらっとよぎって、だけどすぐに、面倒くさそうだな、と思って考えるのをやめた。

編入の仕方なんて知らないけれど、とにかく相当面倒な手続きが必要なことぐらいはわかる。試験もあるだろうし、お金もかかるだろうし。

だけどあいつは、そんな面倒なことをしたらしい。

俺と同じ高校に通う、ただそれだけのために。

今更そんなことを実感して、また少し、薄ら寒くなった。

季帆は本当に、ひとりで略奪計画を進めているらしかった。

あの日以降、季帆は俺の前に現れなくなった。

代わりに、何度か樋渡といっしょにいるところを見かけた。下駄箱で話していたり、廊下をいっしょに歩いていたり。ふと覗いた二組の教室で、席に座る樋渡の前に季帆が立ち、なにか親しげに話しかけている姿も見た。

当然、そんなふたりの姿を見ているのは俺だけではないから、すぐに噂《うわさ》が立ちはじめた。

季帆が樋渡を狙っている、と。実際そのとおりなのだけど。

そこではじめて知ったのだが、季帆のクラスでの評判はあまり良くないらしい。

なんでも、話しかけてきたクラスメイトに素っ気ない対応ばかりしていたせいで、ひんしゅくを買ったという。そんなときに季帆の樋渡へのアプローチが始まったものだから、特に女子たちは眉をひそめていた。

「──てかさ、坂下さんのあれ、なんなの？　本気で樋渡くんのこと狙ってんの？」

そんな女子の声が聞こえてきたのは、放課後、下駄箱で靴に履き替えようとしていたときだった。

俺は思わず手を止める。

「そうでしょ」と下駄箱の向こうではそれに応える別の女子の声が続く。

「うちらにはあんな塩対応のくせに、樋渡くんにばっかやたら話しかけてるし、今日なんかわざわざ教室にまで来て話してたし」

「ありえなくない？　樋渡くん、七海ちゃんと付き合いはじめたばっかじゃん。ちょっとは気遣うとかないのかね」

「てか、横取りしようとしてんでしょ。七海ちゃん大人しいし、のんびりしてそうだから、取れるとか思ってんじゃないの」

聞こえてくるのは、あからさまな敵意のこもった声だった。

なにか言いたくなったけれど、特に反論できることなんてないことに気づく。その推論は間違っていないから。

たしかに、季帆は樋渡を狙っている。七海から横取りしようとしている。

女子たちは季帆への非難を続けながら、下駄箱を出ていく。

俺は履きかけた靴をまた下駄箱に戻すと、代わりに上履きを履いた。階段を上がり、一年四組の教室へ向かう。

教室には五人ほどの生徒が残っていて、季帆もまだそこにいた。自分の席に座り、カバーをかけた文庫本を読んでいる。

「季帆、ちょっと」

そんな彼女に歩み寄って声をかけると、季帆は顔を上げて、

「……土屋くん」

俺の顔を見るなり、読んでいた本をぱたんと閉じた。そうしておもむろに立ち上がると、「来てください」と小声で告げて歩きだす。

言われるまま彼女について教室を出ると、季帆はひとけのない渡り廊下まで来たところで、

「土屋くん、今後、人のいるところで私に話しかけないでください」

俺のほうを振り向くなり、けわしい表情でぴしゃんと言った。

「え、なんで」

「私と土屋くんがつながってるって、みんなに知られたらだめじゃないですか。私、樋渡くんを寝取ろうとしてるのに。土屋くんが関係してるんじゃないかって、あやしまれます」

「……そのことなんだけど」

「はい？」

俺は季帆の顔を見た。眼鏡と三つ編みはもうやめたらしい。だけど黒いままの髪の毛先は、以前のように巻かれることはなく、まっすぐに肩に落ちている。頬や唇にもなにも色は載っていない。季帆の考える〝清楚で素朴〟なのだろう。これが。

「もう、いいよ。やっぱりやめよう。寝取るとか」

「え？」

さっき聞いた女子たちの声が、耳に残っている。本気で敵意のこもった声だった。このまま季帆が樋渡へのアプローチを続けて、万が一樋渡がなびくようなことがあれば、季帆への風当たりがどうなるのかなんて、簡単に想像がつく。

だけど季帆は自身の評判なんて知らないのか、

「え、やめませんよ。言ったじゃないですか、土屋くんがなんと言おうと奪うって」

あっけらかんとそんなことを言うので、俺は眉を寄せた。

「だってお前、嫌われるぞ。そんなことしてたら。転校したばっかなのに」

すでに、だいぶ嫌われている気はするけれど。

だけどまだここで止めれば、たぶん傷は浅く済む。そう思って、心からの忠告をしたのに。

「あ、大丈夫です。そういうのなら慣れてるので」

「……は？」

「とにかく、やめません。ぜったい」

途方に暮れるほど頑《かたく》なな声に、ああもう、と俺は大きくため息をついた。

「もう、いいっつってんじゃん。俺が」

「だから、土屋くんのためじゃないって言ったじゃないですか」

「いや俺のためだろ。俺があきらめないとか言ったから」

「違います。私のためです」

はっきりとした声で言い切る季帆に、首を捻《ひね》る。わけがわからない。

だって。

「こんなことしたって、お前にはなんの得もないじゃん。お前、樋渡のこと好きなわけじゃないんだろ」

「好きではないですけど、得ならありますよ」

「はあ？　どんな」

「これは、仕返しだからです。土屋くんへの」

──一瞬、その単語の意味を思い出せなかった。

決して好意的ではない、その響き。

「……仕返し？」

「はい」

「俺への？」

「はい」

淡々と返ってくる肯定に、眉を寄せる。

「……え、俺、お前になんかしたの？」

「はい。四月十四日の朝、私に声をかけてきました」

「……は？」

わけがわからず、心の底から困惑して季帆の顔を見つめる。

たしかに声はかけた。季帆の顔色が悪かったから、大丈夫？と。

だけど別に、それ以外はなにもしゃべっていない。失礼なことをした覚えもない。

むしろ、感謝される行いかと思っていた。

というか、それでお前は俺に惚れたんじゃなかったのか。

「いや意味わかんないけど。なんでそれで」

「ほら、今日雨じゃないですか」

唐突にそんなことを言って、季帆が窓のほうを指さす。

外は薄暗く、朝早くに降りだした雨が、今も降り続いている。

「雨だけど」

「私、雨の日は偏頭痛《へんずつう》がするんです。中学生の頃からずうっと」

「……は？」

急になんの話だ。

ぽかんとして季帆を見る俺にはかまわず続ける。

「だから朝からしんどくて。おまけに今日、生理二日目なんですよ。私、生理痛もひどいんです。脂汗《あぶらあせ》が出るぐらい。痛み止めは飲んだんですけど、それでもやっぱりしんどくて。頭もお腹も痛いし、身体は重いし、今日はほんと最悪でした」

「あ、あと」

話の流れがさっぱりわからない。

俺に仕返しをする理由を教えてくれるんじゃないのか。

ついていけずにいる俺は放って、季帆はさらに思い出したように声を上げる。

「今日は大好きなクリームパンが売り切れだったんです。それだけならよくあるんですけど、もうひとつ大好きなほうじ茶ラテも買えなかったんです。両方だめだとさすがにテンション下がりました。お昼の楽しみだったのに」

「……それがなんだよ」

耐えかねて口を挟めば、季帆が俺の顔を見た。目を細める。

「──そういうの、ぜんぶ、土屋くんのせいなんです」

「は？」

「今日、頭が痛かったのもお腹が痛かったのも、クリームパンとほうじ茶ラテが買えなくてがっかりしたのも。ぜんぶ、あの日、土屋くんが私に声をかけてきたせいなんです」

「……は？」

さっきから、「は？」以外の言葉が出てこない。

だって、なにひとつ、意味がわからない。

ひたすら困惑する俺に、季帆はやけに穏やかな笑顔のまま、繰り返す。

「だから、仕返しをします。土屋くんに」

「……仕返しって」

「七海さんから樋渡くんを奪って、七海さんを土屋くんのもとに返します」

続いた言葉も、さらに意味がわからない。

仕返しって、相手を痛めつけるものじゃないのか。それじゃむしろ、俺の得になるだけの気がする。

「そうすれば土屋くん、明日も生きたいと思えるでしょう？　もう死にたくなくなるでしょう？　七海さんが手に入るなら、ずっと生きつづけたいと思えますよね？」

平坦に重ねられる問いに、ふいに背筋を冷たいものが走る。

最初に会ったときから、ぶっ飛んだ子だとは思っていた。だけどもしかしたら、俺が思っているよりずっと、危ない子なのかもしれない。なんというか、電波な子なのかもしれない。

怖くなってきて思わず後ずさろうとしたとき、「だから土屋くん」と季帆が静かに続けた。

「私の損とか得とかは考えなくていいんです。これは土屋くんへの仕返しなんです。私がしたいからしていることです。それに、土屋くんにとっても悪い話じゃないでしょう？　私が樋渡くんを七海さんから奪えたら」

──季帆が、七海から樋渡を奪えたら。

一瞬、その光景が頭をよぎった。

樋渡に裏切られて、泣く七海。俺はそんな彼女の背中を撫《な》でて、優しい言葉をかけてやる。慰め方なら知っている。小さな頃から何度も、そうやって泣く彼女を慰めてきた。

だからきっと、上手くできる。

俺なら。そうしたら。

「ね。──奪い返しましょう、土屋くん」

俺は黙って季帆の顔を見つめていた。

その目には、なんの迷いもためらいもなかった。ただひたすら、まっすぐだった。


「あ、かんちゃんだー」

その日も、校門を出たところで背中にそんな声がかかった。

振り返ると、あいかわらず小走りにこちらへ駆け寄ってくる七海がいて。

「だから、走るなって」

「大丈夫だってー、これぐらい」

心配性だなあ、なんてのんき気に笑いながら、七海が俺の隣に並ぶ。

誰のせいだと思ってんだ、と俺は心の中でだけ突っ返す。

お前が、もっと身体が強かったら。自分の体調管理が自分でできるぐらい、頭が良かったら。俺がここまで口うるさくなる必要もなかったのに。あいつみたいに、ただ甘いだけの優しさをあげられたのに。

あいつ、みたいに。

「……今日、樋渡は?」

「生徒会だよー、今日も」

「たまには待っとけばいいのに」

ふと季帆の顔が浮かんで、つい口をついてしまった言葉に、

「いいよー。同じクラスなんだから教室では会ってるし」

七海はあっけらかんと笑ってそう言った。

樋渡と付き合いだしてからも、七海と俺がいっしょに帰る頻度はさほど変わっていない。付き合うのだから、毎日のように樋渡といっしょに過ごすのかと思っていたけれど、意外とそこまでべったりはしないものらしい。

「……心配になったりしないの？」

ふと気になって訊いてみると、七海はきょとんとして俺を見た。

「へ、なにが？」

「樋渡のこと。ひとりで学校に置いてきて」

「え、そんな、子どもじゃないんだから」

肩を揺らしておかしそうに笑う七海に、「そうじゃなくて」と俺は突っ返す。

「樋渡、わりとモテそうじゃん」

「そうかな」

「……最近、樋渡とやたら仲良くなった女子いない？」

「ああ、坂下さん？」

七海がさらっとその名前を口にしたことに、ちょっとドキッとした。

「知ってんの?」

「うん。二学期から四組に来た転校生でしょ。最近、卓くんが仲良くなったって言ってた。頭良いんだよね、坂下さん。このまえの模試、学年トップだったでしょ、たしか。すごいよねー」

純粋に称賛《しょうさん》や羨望《せんぼう》のこもった笑顔でそんなことを言う七海に、え、と俺は少し戸惑う。

「いいのか、それ」

「え、なにが?」

「樋渡が、その転校生とやたら仲良くなってんの。気になんないの?」

「え? うん。なんで?」

七海はなにを訊かれたのかよくわからなかったみたいに、きょとんとした顔で聞き返してくる。

「友達だもん。女の子の友達だっているよ、卓くんにも」

「それ、いいのか?」

「そりゃ、いいよー。彼女がいる男の子は女の子の友達作っちゃいけないなんてことないでしょ」

変なのー、とおかしそうに笑う七海に、俺はふと眉を寄せる。

「……七海、まさかあの噂聞いてないの？」

「噂？」

「あの転校生が、樋渡のこと狙ってるっていう」

「ああ、ちょっと聞いた。ただの噂でしょ。そんなのいちいち気にしてたらキリないよー」

　あっけらかんと笑う七海の笑顔には、なんの憂《うれ》いも混じっていなかった。本当に、なにも気にしていないのだろう。

　俺はますます困惑して、そんな七海の顔を眺めながら訊ねる。

「不安にならないの？」

「不安？　なんで？」

「樋渡が心変わりするかも、とか」

「え、ならないよ。今卓くんが付き合ってるのはわたしだもん」

　強がりではなかった。ただ事実を告げるだけの、あっさりとした口調だった。

「そんなこと心配してたってどうしようもないもん。どうせ信じるしかないんだから。わたしは卓くんのこと信じてるよ。大丈夫だって」

　笑顔を崩すこともなく、七海はさばさばとした口調でそんなことを言う。

　奇妙な違和感を覚えて、俺は困惑していた。

なんの湿りけもないその声にも表情にも、はっきりとした芯《しん》があった。七海らしくなかった。そんな、自信に満ちた表情も、意志の強そうな目も。七海には似合っていないと、そう思った。

俺が昔から知っている、気弱で引っ込み思案だった、七海には。

「あ、かんちゃん。ちょっとコンビニ寄っていっていい？」

七海が言ったのは、中町駅を出て、家のほうへ歩きだしたときだった。

頷いて、駅のいちばん近くにあるコンビニに入る。

「ちょっと待っててね」と言って雑誌コーナーのほうへ向かった七海と別れ、適当に店内を歩いていたとき、

「――ねえ、そういえばこのまえさ、めっちゃ久しぶりにあの子見たんだけど」

棚の向こうでしゃべっている女子の声が、ふと耳に入ってきた。

「あの子？」

「ほら、同じクラスだった、あのガリ勉の」

「ああ、坂下季帆？」

出てきた名前に、通り過ぎようとした足が、思わず止まった。

季帆の名前を口にするふたりの声に、好意的な色はなかった。かけらも。

先日、下駄箱で聞いた女子たちの声に似ていた。

嘲《あざけ》りと、嫌悪のにじむ声。

「そうそう、このコンビニにいたんだよ。すごい変わってたから一瞬わかんなかったー」

「えー、なんでこんなところに。あの子、このへんの高校行ってたんだっけ？」

並ぶ商品の隙間、少しだけ棚の向こうにいるふたりの姿が見える。

顔まではわからないけれど、この近くにある商業高校の制服を着ているのは見えた。

「それがさ、北高《きたこう》の制服着てたんだよ。びっくりでしょ」

「は、北高？」

聞き返す声に、笑いが混じる。今度こそ、あからさまにバカにする響きだった。

「嘘、あの子、北高なんて行ってんだ」

「ね、うけるよね。あんだけガリ勉だったくせに北高って」

「なんかかわいそ。あんな必死だったのにさ。てか、川奈《かわな》受けるとか言ってなかったっけ？」

「あー、そういや言ってたね。川奈落ちたんだろうね」

「それで滑り止めの北高かー。にしても、もうちょいマシなとこなかったのかね」

「落ちるなんて考えてなかったんでしょ、どうせ」

勝手な推測でそう結論づけたふたりは、そこで季帆の話題をやめた。

その後は、「なに買おっかなー」なんて、季帆のことなど忘れたように、きゃっきゃしながらお菓子を選んでいた。

北高というのは、うちの高校の略称だ。

ふたりがバカにしていたのは、うちの偏差値が低いからだろう。少なくとも、彼女たちが言うところの〝ガリ勉〟な生徒が来るような高校ではない。

対して、川奈高校といえば、この辺りではトップクラスの進学校だ。

中学時代、学年でいちばん成績が良かったやつも、たしか川奈へ行った。相当な成績でなければ、受けようとも考えないような、そんなレベルの高校だ。実際、俺なんて一度も考えなかった。

四月に、季帆に声をかけたときのことを思い出す。

あの日の季帆は、川奈の制服ではなく、北高の近くにある私立の女子校の制服を着ていた。あの女子校も、たしかうちと同じぐらいの偏差値だったはずだ。滑り止めにちょうどいいぐらいの。

だとしたら、ふたりの言うとおり、季帆は川奈に落ちたのだろう。

――ガリ勉。

ふたりは季帆のことを、そう呼んでいた。

「あー、あたしやっぱりワッフルにしよっと」

お菓子の前でしばらく悩んでいたひとりが、あきらめたように声を上げた。

「またー？」ともうひとりがあきれたように返す。

「最近そればっかじゃん。よく飽きないね」

「ハマっちゃったんだもん。太るから今日は我慢しようと思ったけど、やっぱ無理だー、食べたーい」

そこでふと、今俺の目の前にある棚に、彼女らの言っていたワッフルがあるのに気づいた。プレーンなやつと、チョコがかかっているやつ。それぞれ二つずつ残っている。

お菓子の棚の前から移動を始めたふたりが、こちらへ近づいてくる。

気づけば、俺はそこにある四つのワッフルをぜんぶつかんで、レジへ向かっていた。

「──嘘っ、今日一個もない！」

少しして、後ろでそんな悲痛な声が上がるのを聞きながら。

「かんちゃん、なに買ったのー？」

「ワッフル」

「え、めずらしい！」

コンビニを出たところで、七海が驚いたように俺の持つビニール袋を覗き込んできた。

「あれ、かんちゃんて、甘いもの嫌いじゃなかったっけ？」

「嫌い」

「じゃあなんで」

「やる」

四つのワッフルが入ったビニール袋を、そのまま七海へ差し出す。「えっいいの!?」と七海は顔を輝かせたけれど、中身を見ると少し戸惑ったように顔を上げた。

「四つも？」

「食べ切れなかったら、残りはおばさんにでもあげて」

「なんで四つもワッフル買ったの？」

「……なんとなく。買いたかったから」

無性に。買いたくなった。それだけだった。

日曜日の昼。

その日は家族がみんな出かけていて、家にいるのは俺ひとりだった。

台所を物色してみたけれど昼飯になりそうなものが見つからず、仕方なく部屋着にパーカだけ羽織って向かった近所のコンビニ。

「──あれ、土屋くんじゃないですか。偶然ですね！」

そこで、季帆に会った。

「……ぜったい偶然じゃないだろ」

こいつの言う「偶然」ほど白々《しらじら》しいものもない。

眉をひそめながら、白いニットにグレーのショートパンツを穿《は》いた季帆の顔を見る。

久しぶりに髪が巻かれて、ふわふわしている。化粧も念入りで、気合いが入っているように見えた。

「偶然です。私、お昼ご飯を買いにきたところなんです。もしかして土屋くんもですか？」

「……まあ」

「わあ、偶然！　じゃあせっかくなので、いっしょにどこかでランチしましょう！」

「やだよ」

一も二もなく切り捨てて、俺は棚のほうを向き直る。

「俺、今コンビニ着だし」

「なんですかそれ」

「コンビニ用の格好ってこと」

そんな、外食を想定した服を着ていない。ほぼ部屋着だ。

「大丈夫ですよ。なにもおかしくないです。私は気にしません」

「いや俺が気にすんの」

「じゃあ、その格好でも気にならないようなお店にしましょう。牛丼とか、ラーメンとか」

「……え、そんなとこでいいの？」

女子の言うランチって、洒落《しゃれ》たカフェにでも行かなければならないのかと思っていた。

「もちろんです。私は土屋くんとごいっしょできるならどこでも。だから土屋くんの食べたいもの食べましょう。ね、それならいいでしょう？」

なんてあれよあれよと言いくるめられ、気づけば、けっきょく季帆といっしょにコンビニを出ていた。

「あのコンビニ、よく来んの？」

短い相談のあと、ここからいちばん近くにあるファミレスに行くことに決まり、季帆と並んで歩きだした。季帆が履いている踵《かかと》の高いショートブーツのせいか、いつもより目線が近い。

「はい、時々」

「季帆の家って、この辺なの？」

——えー、なんでこんなところに。

数日前にあのコンビニで聞いた、女子ふたりの会話を思い出す。

季帆をここで見かけたという言葉に、もうひとりはそう返していた。驚いたように。

「はい、この辺です」

「……じゃあ、中学どこだった？」

重ねた質問に、季帆がふっとこちらを見た。

そうして少しのあいだ無言で俺の顔を見つめた季帆は、

「——忘れました」

「は？」

「どこの中学行ってたかなんて、そんな昔のこと、忘れました」

淡々とそんなことを言って、また前を向き直った。

俺はあっけにとられて、そんな季帆の横顔を見つめていた。

そんなわけないだろ、とつっこみかけた言葉は、なぜだか喉の奥で詰まった。前を向いた季帆の表情が、奇妙に静かだったから。

「……忘れた？」

「はい」

無表情に前を見つめたまま、頷く。

「だって」

だけど軽く目を細めた表情に硬さはなく、むしろどこか穏やかに見えた。

「土屋くんに会う前のことだから」

「……え」

「だから忘れました。土屋くんに会う前のことなんて、もうどうでもいいんです。ぜんぶ」

言い聞かせるようなその声に、俺はそれ以上、なにも言えなかった。

お店に着き、俺は温玉ドリアを、季帆はデミグラスハンバーグを頼んだところで、

「そういや、樋渡とはどうなってんの」

ふと思い出して訊いてみると、季帆はテーブルの上にある期間限定スイーツの写真を見ていた視線を上げ、俺を見た。そうしてなんだか誇らしげに目を細めてみせる。

「すこぶる順調です。今、お友達の地位まで上り詰めたところです」

「友達……」

「はい。最近、七海さんののろけ話とかもしてくれるようになりましたよ、樋渡くん」

どうやら、樋渡のほうもまったく季帆を警戒していないらしい。急にこんなふうに

接近されたら、ふつうあやしむだろうに。そろって鈍感《どんかん》なのか、あのカップルは。

「……のろけ話って、どんな？」

「七海さんが、最近すごくがんばってるって。生徒会の活動もぜったいさぼらないし、体育の授業もちゃんと参加してるし」

「……体育」

あいつ、まだ体育参加してんのか。見学しろって言ってんのに。

生徒会の活動だって、もっと適当に休めばいいのに。朝も放課後も、休日まで欠かさず参加したら、ぜったいきついだろうに。

「それを褒めてんのか、樋渡」

「はい。がんばっててえらいって言ってました。うれしそうに」

込み上げてきた苛立《いらだ》ちを吐き出すように、俺は大きくため息をつく。

やっぱり心配していたとおりだった。樋渡が褒めるから、七海も調子に乗るのだろう。

……七海は、がんばらなくていいのに。

ただ、無理をせず、できる範囲のことだけやっていけば、それだけでいいのに。どうせ、ふつうの人と同じように、なんて無理なのだから。七海には。

「デートの予定とかも話してくれますよ、樋渡くん」

思い出したように季帆が言ったのは、テーブルの上にお互いの注文した料理が並んだときだった。鉄板の上で肉が焼ける音に、俺は今更ちょっと自分の選択を悔やみながら、聞き返す。

「デートの予定？」

「はい。七海さんと今度こういうところに行く、とか。訊けばぜんぶ教えてくれます」

「……信頼されてんだな、樋渡から」

季帆の取り入り方が上手いのか、樋渡の警戒心がなさすぎるのか。

たぶん後者のような気がする。

「はい。なんといっても私、樋渡くんのお友達ですから」

「次のデートはどこ行くって？」

スプーンを手に取りながら、なんとはなしに訊ねてみると、

「旅行に行くそうですよ。今度の連休」

「……旅行？」

返ってきた答えに、思わずスプーンを取り落としそうになった。

旅行？　樋渡とふたりで？

「あ、旅行って言っても泊まりじゃないですよ。日帰りです」

俺がよほどけわしい顔をしていたのか、季帆があわてたように付け加えてくる。

「そりゃ当たり前だ」

高校生の分際《ぶんざい》で外泊だなんて、冗談じゃない。

いや、日帰りでも冗談じゃない。旅行というからには、遠出するのだろう。朝から夕方まで、一日がかりで出かける気なのだろう。

冗談じゃない。

「どこに行くって？」

「柚島《ゆずしま》だそうです。海沿いのカフェでランチして、景色の良い山に登ったり、雑貨屋めぐったりしてから、夕陽を見て帰るって」

「……柚島」

ほら、めっちゃ遠い。

ここからだと、電車でも片道二時間はかかる。しかも山に登ったり、雑貨屋をめぐったり？

七海がそんな負担に耐えられるはずがない。樋渡のやつ、途中で倒れたらどうするつもりなのだろう。

「七海、行く気なのか？」

「え？　そりゃもちろん。ふたりで計画立てたそうですから」

ああもう。イライラと頭を掻く。

どうしてわからないのだろう。自分の身体が弱いってこと。十五年生きてきて、なんで学習しないのだろう。そんなことをしたらまた体調を崩すことぐらい、もういい加減理解できるだろうに。

苛立ちながら俺が乱暴に温泉卵をスプーンで崩していると、

「そんなに嫌なんですか？」

俺の顔を覗き込んだ季帆が、ちょっと不思議そうに訊いてきた。

「別に泊まりじゃないんですよ？　日帰りですよ？」

「嫌だよ。日帰りでもいっしょだ」

「うーん、じゃあ私、旅行はやめるよう樋渡くんを説得してみましょうか」

「いや、いい。俺から言うから」

短く返せば、え、と季帆は少し戸惑ったように訊く。

「言うって、誰にですか？」

「七海に」

「旅行はやめろって言うんですか？」

「そうだよ」

顔を上げると、季帆はなんだかちょっと困ったような顔でこちらを見ていた。

「でも」

「なに」

「七海さん、すごく楽しみにしてるそうですよ」

「だからなんだよ」

いつの間にか卵は跡形《あとかた》もなく崩れて、ホワイトソースに混ざっていた。

そりゃ、楽しみにしているのだろう。大好きな彼氏との遠出だから。自分の身体のことも考えられないぐらいに、浮かれているに違いない。

だけど、七海に柚島は無理だ。どうせ。

小学校の頃から、遠出するようなイベントはぜんぶ欠席してきたくせに。どうせ途中で体調を崩して、ろくに楽しめずに終わることなんて目に見えている。

七海は、本当にわかっていないのだろうか。

わかっていて、見て見ぬ振りをしているのだろうか。いつものように。

季帆はなにか言いたげな顔をしていたけれど、けっきょく、「まあいいや」とひとりでなにやら完結していた。

「土屋くんの思うようにやってください」

「言われなくてもそうします」

「ですよね」

食べ終わり席を立つとき、季帆が当然のようにテーブルの上にある伝票を取って、

「私が払いますね」

なんて言うから、ぽかんとした。

「は？　なんで」

奢《おご》られるような理由はない。同じ学生だし、同い年だし。

「自分の分は自分で払うよ」

「いえ、私が払います。今日は無理に付き合ってもらったんですから」

「別に無理にってことでも」

「最初に誘ったとき、土屋くん、嫌だって言ったじゃないですか。それを私が強引に連れてきちゃったから」

そう言った季帆の声がどこか硬くて、俺は眉を寄せた。

伝票を渡すよう差し出した俺の手は無視して、季帆は椅子に置いていた鞄をさっと拾う。

「今日は私なんかに付き合ってもらったお礼です。ね、奢らせてください」

「いや、いいって」

さっさとレジのほうへ歩きだそうとした季帆の手をつかみ、引き止める。

私なんか。

さっき季帆が口にした自虐《じぎゃく》的な言葉が、小骨みたいに気持ち悪く引っかかっていて。

「ちゃんと割り勘にしよう。なんか気持ち悪いじゃん。ふつうに友達同士で飯食っただけなのに奢ってもらうって」

「――えっ？」

そこでなぜか、素っ頓狂な声が上がった。

季帆が驚いたように目を見開いて、俺を見ている。

「友達同士？」

「うん」

「私たち、友達同士なんですか？」

「え、そうだろ？」

あまりに信じがたいことを耳にした、みたいな顔で季帆が訊いてくるので、思わず不安になって聞き返してしまうと、

「あ、は、はい」

めずらしくぎくしゃくした調子で、季帆が頷いた。

「友達、ですね」

「うん。だから割り勘な。ふつうに」

「はい」

もう一度季帆のほうへ手を差し出せば、今度はおずおずと伝票を渡される。

「……ありがとう、ございます」

うつむいたまま、噛みしめるような声で季帆が呟いた。

なにに対するお礼なのかは、よくわからなかった。

第三章　あの子の嘘

「あれ、かんちゃん」

季帆と別れ、家に帰っていた途中で、声をかけられた。

七海と同じ呼び方に、声質も七海とよく似ているから、声だけだといつも一瞬わからなくなる、その人。

「おばさん」

振り返ると、七海の母親が自転車を押しながらこちらへ歩いてくるところだった。

前カゴに、近所のスーパーの袋が入っている。

「どこか遊びにいくとこ？」

「いや、今帰ってきたとこです」

「そう。七海はね、今日も朝から学校行ってるのよ」

「今日も？」

うん、と相槌《あいづち》を打ちながら歩いてきたおばさんは、俺の前で自転車を止めた。

「生徒会ってほんと忙しいのね。びっくりしちゃう。ねえかんちゃん、あの子最近どう？」

「どうって」

「大丈夫そう？　勉強とか、ちゃんとついていけてる？」

「……さあ。あんまり話してないので、最近」

返した声は、思いのほか素っ気なくなってしまった。

だけどおばさんは特に気にしなかったようで、そっか、と朗らかに笑う。

「そうよね。かんちゃんだって忙しいだろうし、七海にばっかりかまってられないよね。ごめんね、いつもつい頼っちゃって」

穏やかに向けられた言葉に、ふいに胸の奥がぎりっと痛んだ。

いつも。

たしかにおばさんからは、何度となく頼まれてきた。

──七海のこと、よろしくね。かんちゃん。

高校に入学するときも、おばさんは俺にそう言った。うれしそうに、俺の手を取って。

──かんちゃんと七海が同じ高校でよかった。かんちゃんがいるなら、私も安心だ。

なんて言って。

「……七海、最近なんともないですか？」

「ん、なにが？」

「体調とか。生徒会、忙しいみたいだけど」

そうなの、とおばさんが不満を漏らしてくれればいいと思った。生徒会が忙しいせいで、最近七海の体調が悪そうで。かんちゃん、もう七海に辞めるように言ってやってよ——なんて。そんな言葉を期待してみたのに。

「ああ、うん」

おばさんから返ってきたのは、なんだかうれしそうな声と笑顔だった。

「ありがとうね、心配してくれて」

昔から、もう何度向けられたかわからない言葉が続く。

「むしろ最近、いきいきしてるっていうか。生徒会がね、忙しいけど楽しいみたい。毎週毎週、最近は休みの日もずっと学校行ってるけど、すごく充実した顔してるし」

「……毎週？」

「うん。今度の連休にも、一日生徒会の活動があるらしいし。朝から夕方まで一日がかりで」

何気ない調子で続いた言葉に、俺はおばさんの顔を見た。

「……連休？」

「うん。ほら、来週の三連休」

「三連休の、いつですか？」

重ねて訊ねると、「えーと」とおばさんは少し考えてから答える。

「真ん中の日曜日って言ってたかな」

「なんの活動があるって？」

「さあ。そこまでくわしくは聞いてないけど。ていうか、かんちゃんは知らなかったの？」

不思議そうに聞き返され、俺は視線を落とした。

「……知らなかった」

嘘だ、とすぐに思った。イベント前でもない今の時期、生徒会がそれほど忙しくないのは知っていた。

今度の連休、と季帆は言っていた。七海が樋渡と、柚島へ行くことを計画しているのは。

――七海のやつ。

軽く唇を噛んでから、俺は「おばさん」とあらためて口を開く。

「七海に、彼氏ができたの聞きましたか？」

「へっ、彼氏!?」

案の定、おばさんからは心底びっくりした声が返ってくる。

「なに、あの子彼氏なんてできたの!?　いつ？」

「けっこう前です。今月の頭ぐらい」

「やだ、びっくり。知らなかった。ぜんぜん話してくれないんだから、あの子」

自分の頬に手をやりながら、おばさんが興奮気味に呟く。

「……七海、おばさんに話してなかったんだ」

「うん、今初耳。こういうこと、話してくれるかと思ってたんだけどなあ」

俺も、てっきり話しているかと思っていた。

七海が、こんな姑息《こそく》なことをするとは思わなかった。

正直に話せば反対されると思ったのか。だとしたら、遠出が危ないということぐらい、七海も自覚しているということか。

そうまでして、行きたかったのか。樋渡と。

出先で体調を崩し、また何日も寝込むようなことになっても。

俺やおばさんに、さんざん心配をかけるようなことになっても。

「──連休の話」

「うん？」

ふいに、胸の奥でなにかが首をもたげる。

ひどく冷え切って、淀《よど》んだ感情だった。

放り出すような気分で、俺はおばさんの顔をまっすぐに見つめる。

「嘘ついてますよ、七海」

「え？」

「本当は生徒会の活動なんてないです。その日、彼氏と日帰りで旅行に行くって聞きました。柚島まで」

「……そうなの？」

おばさんの顔が軽く強張る。

いつも朗らかなおばさんの、そんな見慣れない表情を眺めながら、俺は重ねる。

「今日も本当は、生徒会じゃなくて彼氏とデートだったんじゃないですか、七海」

「え、そうなの？」

「知らないけど。でも前はこんな土日まで忙しくなかったはずだし」

「……言われてみれば、そうね」

硬い表情のまま、おばさんは考え込むように顎《あご》に手をやる。

そんな様子を見ているだけで、わかった。

きっとこれで、七海は旅行へは行けない。

だけど七海が悪い。ちょっと走っただけで、倒れるような身体のくせに。自分の体調管理も自分でできないくせに。嘘なんてつくから。隠したりしようとするから。七海のくせに。

——七海のくせに。

一組と二組担当の体育の先生が、インフルエンザにかかったらしい。朝のホームルームでわざわざ報告があった。

三組でなぜそんな報告をするのかと思ったら、そのため今日の体育は一組二組と合同で行うとのことだった。ちなみに、普段は四組と二クラス合同で行っている。男女は別れて違う競技をすることも多いけれど、今日は男女ともグラウンドでサッカーをするらしい。

迎えた体育の時間。グラウンドに出ると、当たり前だがいつもよりたくさんの生徒がいた。

季帆の姿もあった。

グラウンドの隅のほうで、手持ち無沙汰《ぶさた》な様子で授業の開始を待っている。やはりというか、孤立しているらしい。誰も季帆に話しかけにはいかない。女子たちは季帆から少し離れた位置で、それぞれ友達同士かたまってしゃべっている。

なんだかいたたまれなくなって、話しかけにいこうとしたとき、ふと季帆が俺に気づいた。

目が合うと、けわしい顔をして小さく首を横に振ってくる。来るな、ということらしい。そういえば、人のいるところで話しかけるなと言われていた。

仕方なく頷き返して、足を反対方向に向けたとき、

「……あ」

ちょうどグラウンドに出てきたばかりの七海が目に入った。

樋渡はいない。友達らしい女子ふたりと連れだって、こちらへ歩いてくる。

彼女が体操服を着ているのを見て、俺が思わず眉をひそめていると、

「あ、かんちゃん」

近づいたところで、七海も俺に気づいた。軽く片手を上げると、いっしょにいた友達になにか言ってから、こちらへ歩いてくる。

「そっか。今日は三組四組といっしょなら、かんちゃんともいっしょか」

「なんで」

「ん？」

「なんで体操服着てんの、お前」

つっけんどんに訊ねると、七海はきょとんとした顔をする。

「え？　なんでって、体育だから」

「参加すんの？」

「うん。体調もいいし」

当たり前のようにそんなことを言う七海に、「だから」と俺はよりいっそう顔をしかめる。

「見学しろっつってんじゃん。今は良くても、体育したら悪くなるかもしれないだろ」

「やだ。体育したいもん」

話を打ち切るように、きっぱりと七海が突っ返す。

駄々をこねる子どもみたいな調子だった。

「したいもん、じゃなくてさあ」

それに俺はイライラと頭を掻きながら、

「お前、いい加減用心するとか覚えろよ。何回それで体調崩してると思ってんの」

「いいんだよ」

「は？」

「体調、悪くなってもいい。それでも体育がしたいの」

七海の顔を見ると、思いがけなく真剣な表情をした彼女と目が合った。

一瞬、息が詰まった。

そこには、はっきりとした反発の色があったから。

「……は？」

息苦しい喉から押し出した声は、自分でもちょっと驚くほど冷たかった。

「なに言ってんのお前。いいわけないじゃん。体調崩してまで体育するって、ただのバカだろ」

「じゃあ、バカでいいよ。うん、わたしバカだ」

「七海」

ふて腐れたような七海の口調に、腹の奥のほうがぼうっと熱くなる。

見限るように俺から視線を外した彼女の肩へ、思わず手を伸ばしかけたとき、

「──いいじゃん、もう」

ふいに後ろから声がした。耳慣れない、男の声。

「やりたいって言ってるんだから」

振り返ると、樋渡がいた。

さながら、いじめられているヒロインを助けにきた、ヒーローみたいなタイミングだった。

「させてあげれば。ほんとに体調もいいみたいだし」

少し困ったような笑顔で、子どもの喧嘩《けんか》をなだめるみたいに樋渡が言う。

ああ、やっぱり。

その落ち着いた声に、よりいっそう腹の熱が膨《ふく》らむ。

こいつは、こういうことを言うんだな。

こんな、ただ甘いだけのことを。

なにも知らないくせに。

いや、なにも知らないから。

樋渡、と口を開きかけた俺をさえぎるように、グラウンドのほうから声がした。招集をかける先生の声だった。

「あ、授業始まるよ」

助かったとばかりに、七海がそちらへ目をやる。そうしてほっとしたような顔で、「行こ」と告げて足早に歩きだした。当たり前のように、グラウンドのほうへ。

それに眉をひそめながら、だけど俺も少しほっとしていた。

あのまま口を開いていたら、俺は樋渡に、なにを言っていたかわからないから。

グラウンドの向こうで、女子がサッカーの試合をしている。

試合に出ていない残りの女子は、グラウンドの空いているところで、各々《おのおの》パスやドリブルの練習をしていた。もっとも真面目にやっている者などほとんどおらず、みんな適当にボールを転がしながら友達同士でしゃべっている。

七海もそんな女子たちの中で、ボールを蹴っているのが見えた。友達といっしょに、楽しそうに笑いながら。

矢野と適当にパスの練習をしながら、俺は時々そんな七海の様子を見ていた。

離れているのでよくは見えないけれど、とりあえず具合が悪そうな素振りはない。走ったりはしていないし、あれぐらいの運動量なら大丈夫だろう。

そんなことをぼんやり考えていたら、

「あ！　おい、なにしてんだよー」

矢野からのパスを思い切りスルーしていた。

「……あ、ごめん」

無駄に強いパスだったから、ボールは勢いよくグラウンドの隅のほうまで駆けていく。

フェンスにぶつかってようやく止まったそれを、のろのろと追いかけていって拾ったとき、

「――土屋」

ふいに、後ろから名前を呼ばれた。

嫌になるほど聞き覚えのある声だった。ついさっきも、こうして声をかけられたから。

「……なに」

無愛想《ぶあいそ》に聞き返しながら振り向くと、やっぱりそこには樋渡がいて。

「土屋って、いつもああいうこと言ってんの？」

前置きもなく、いきなりそんなことを訊ねてきた。

「は？」

「七海に、体育は見学しろとか」

当たり前のように呼び捨てられたその名前に、腹の底からもぞもぞとした苛立ちが這い上がってくる。

「言うよ、そりゃ」

お前が言わないから、と心の中でだけ吐き捨てる。

すると、樋渡は少しだけなにか考えるように黙ったあとで、

「今日、七海が」

静かな口調で、あらためて口を開いた。

「三連休、柚島に行けなくなったって言ってきたんだけど」

「……へぇ」

「もしかして土屋が七海に、柚島には行くなとかも言った？」

続いた質問は、すでに答えなんて確信しているような調子だった。

やっぱりおばさんは、あのあと七海の柚島行きを止めたらしい。当然だけど。

そんなことを考えながら、「言ってない」と俺は投げつけるように返す。

「ただ母親にバレたみたいだから、それで止められたんだろ」

「バレた？」

「あいつ、母親には生徒会の活動だって嘘ついて、柚島行こうとしてたんだよ。それ

バレて、怒られたんじゃねえの」

俺が七海の嘘を教えたときの、おばさんの表情を思い出す。強張った表情には、はっきりと怒りの色があったから。

いい気味だ。

「それ、土屋が教えたの？」

「それって」

「柚島のこと。七海のお母さんに」

重ねられる質問は、あいかわらず、すでに答えを確信しているような調子だった。

「そうだよ」

だから俺はまた、投げつけるように冷たく返す。

「あいつが嘘なんてつくのが悪いんだろ。あんな身体で、どうせ柚島なんて無理なくせに」

「無理だと思ったから教えたの？　止めてもらうために？」

「そりゃそうだろ」

なに当たり前のこと訊いてんだ、こいつ。

イライラとそんなことを思いながら、俺はふと樋渡の顔を見た。

「……なあ、お前知らないの？」

「なにを」

「七海の身体のこと」

「知ってるよ」

答えは、思いがけないほどさらっと返された。

その答え方だけで、嘘ではないのはわかった。〝知ってる〟の範囲が決して狭くないことも。

「……知ってて、柚島なんて行こうとしてたのか？」

「うん」

落ち着いたその声にも表情にも、後ろめたさなんてみじんもなかった。

なにか理解できないものを眺める気分で、俺は樋渡の顔を見ながら続ける。

「知ってんなら、ぜったい無理だってわかるだろ。なんでそんな遠くまで」

「俺は無理とは思わなかったから」

「はあ？」

「それに、七海が行きたいのは柚島らしいから。他の場所じゃなくて」

「……いや、それがなんだよ」

反論にもならないような反論に、俺は眉をひそめて突っ返す。

そりゃ、七海はバカだから。

距離のことなんてなにも考えず、ただ行きたい場所を告げたのだろう。海がきれいでおしゃれなカフェや雑貨屋も多くて、たしかに女子の好きそうなスポットだから。どうせ、ただそれだけで。

「あいつのわがままなんていちいち聞いてんなよ。なんにもわかってないんだから。自分の身体のこととか、柚島なんて行ったらどうなるかとか、バカだからなんにも想像できてないんだよ」

「七海は、ちゃんとわかってるよ」

「はあ？　どこが」

ああ、なんだ、こいつもバカなのか。ふたりそろって色ぼけして、なんにも考えられていないのか。

「今回の旅行、行き先だけじゃなくて、行き方も過ごし方もぜんぶ七海が決めてた。どれぐらい歩くのかとか、休憩できる場所があるかとか、なんかあったときのための近くの病院も。雑誌でもネットでも、本当に時間かけて、いろいろ調べてたよ。ぜんぶ、七海がひとりで」

「……だから、それがなんなんだよ」

だからなにかあっても、自分の責任じゃないとでも言いたいのだろうか。ぜんぶ、七海がひとりで決めて計画したことだと。

顔をしかめて樋渡を睨んでみても、樋渡の表情は変わらなかった。

ただ少し困ったように、まるで物わかりの悪い子どもに言い聞かせるみたいな口調で。

「たぶんさ、土屋が思ってるほど、七海はバカじゃないよ」

樋渡の言葉に、何度目かの「はあ?」を返そうとしたときだった。

「──大丈夫? 七海ちゃん!」

グラウンドの向こうで声がした。

心配そうな女子の声。それほど大きな声ではなかったのに、奇妙なほどはっきり耳に届いた。目をやる前からわかった。うんざりするほど、聞き慣れた声だったから。

ほら、と思う。

やっぱり、バカだった。

七海が、地面に座り込んでいた。ふらついたのだろう。膝《ひざ》をつき、顔を伏せて片手で額を押さえている。

嫌になるほど、見慣れた姿だった。

樋渡も気づいて、動きだそうとしたのがわかった。だけどそんなの許さなかった。

さえぎるよう、俺はやつの前に立つ。そうして、吐き捨てるように告げた。

「ほら、樋渡」

お前に、駆け寄る権利なんてない。あるはずがない。

だって、

「お前が止めないからだろ」

——やっぱり、なにもわかってなかったくせに。

胸の奥で、冷え切った感情が首をもたげる。なんだか笑いだしそうだった。

七海といっしょに練習していた女子が、七海の横にしゃがみ込んでおろおろと声をかけている。

それに七海が必死に顔を上げ、なにか言っているのが見えた。力ない笑顔で、何度か首を横に振りながら。

大丈夫、とでも言っているのだろう。説得力のない、真っ青な顔で。

「ね、あたしやっぱり先生呼んできたほうが……」

「いい、大丈夫。ほんとに大丈夫だよ」

近づくにつれ、ふたりが交わすそんな会話が聞こえてくる。心配する友達に、七海が必死に首を振っている。

「——七海」

呼ぶと、ふたりが同時にこちらを振り向いた。

俺の顔を見て七海が顔を強張らせる横で、友達のほうはほっとしたように「あ、土屋くん」と呟いた。

「あのね、さっき、七海ちゃんがふらついちゃって……」

「わかってる。七海、保健室行くぞ」

見下ろしながら低く告げると、七海はぱっと顔を伏せた。

「い、いい」

小さな声で、もごもごと返す。

「ほんとに大丈夫だから。ちょっと休めば、すぐ……」

彼女の言葉が終わるのを待たず、俺は七海の腕をつかんだ。

力加減なんてしなかった。ぐいっと思い切り引き上げれば、軽い身体は引っ張られるまま、よたよたっと立ち上がる。

痛みに七海が顔を歪《ゆが》めたのがわかったけれど、気にしなかった。

「行くぞっつってんの」

よろける彼女の身体を支えながら、低い声で繰り返す。

それでもう七海はあきらめたようだった。いつものように。

小さく頷いて、引っ張られるようにして歩きだす。その足取りはひどく覚束《おぼつか》なくて、
ふいに胸の奥で冷たい愉悦《ゆえつ》が広がる。

ほら見ろ、と思う。

ひとりじゃ歩けもしないくせに。

なにも、できないくせに。

保健室には誰もいなかった。ドアにかかっていた、『先生は外出中です。なにかあったら職員室まで』のプレートは無視して、勝手に中に入る。そうして奥のベッドのほうまで七海を引っ張っていくと、そこで腕を放した。

「──よかったな。今倒れといて」

支えをなくした身体はそのまま投げ出されるように、ベッドにしりもちをつく。ぎしりとスプリングの軋《きし》む音がした。

「これでわかったろ。柚島なんて、どうせ無理だったたって」

ベッドに座る七海を見下ろしながら、苦々しく吐き捨てる。

さっき見た、樋渡の表情を思い出した。自分の正しさをみじんも疑わない、その目。

それどころか、俺のほうが間違っているけれど責め立てないとでも言いたげな。

吐き気がした。

けっきょく、なにもわかっていなかったくせに。樋渡も、七海も。

七海は、柚島、と小さく俺の言葉を繰り返してから、

「……かんちゃん」

ゆっくりと顔を上げ、表情のない目で俺を見つめた。

「やっぱり、かんちゃんが教えたの？　柚島のこと、お母さんに」

その声に責めるような色があったことに、かっとした。

頭に血がのぼっていくのがわかる。

「そうだよ」と俺はぶっきらぼうに返した。

「お前が嘘なんてつくのが悪いんだろ。小賢《こざか》しいことしてんじゃねえよ。どうせバレるんだから」

「だって」

途方に暮れたような声で呟いて、七海はまた顔を伏せる。

「言ったら、ぜったい行かせてくれないじゃん。お母さんも、かんちゃんも」

「当たり前だろ」

いじけた子どもみたいな台詞《せりふ》に、俺は心底あきれてため息をつく。

なにを言ってるんだろう、こいつ。

「お前には無理なんだから。行ったらどうなるかわかってんだから、そりゃ止めるだろ。俺もおばさんも。お前、ちょっとボール蹴ってたぐらいで倒れてんじゃん。そんな身体でどうやって」

「倒れてないよ」

俺の言葉をさえぎり、七海がムキになったように言った。膝の上でぐっと拳を握りしめている。

「ちょっとふらっとしただけだよ。昔みたいに、倒れたわけじゃ――」

「はあ？　いっしょだろ。どうせいつもの貧血だろ」

「軽いやつだもん。これぐらいなら大丈夫なやつだよ」

「ああもう、お前の大丈夫とかどうでもいいよ。どうせ大丈夫じゃないんだから」

いやに引き下がらない七海にうんざりして、俺はそう言って話を断ち切る。

イライラしすぎて頭痛がしてきた。

七海のくせに、なに俺に反発なんてしているんだろう。

ひとりじゃなにもできないくせに。ずっと、俺に守られて生きてきたくせに。

――今だって。

「なあ、これで柚島に行けないってわかっただろ。お前は、自分の身体のこともろくにわかってないんだよ。そんなんで、いくら準備したって無理だよ。お前がひとりでどんだけがんばって考えようが、どうせ、なにもできるわけないんだよ」

七海はうつむいたまま、じっと俺の言葉を聞いていた。

表情は見えないけれど、噛みしめられた唇が少し鬱血《うっけつ》しているのは、不思議なほどはっきりと見えた。

膝の上で握りしめられた拳に、かすかに力がこもる。

やがて、噛みしめられていた唇が小さく動いて、

「……やっぱり、かんちゃんは」

絞り出すような声が、耳に届いた。

「そんなふうに、思ってたんだね。わたしのこと」

顔を上げた七海が、まっすぐに俺を見た。

ぐしゃりと歪んだ、今にも泣きだしそうな顔で。

泣き顔なんて飽きるほど見てきたはずなのに、なぜだかこんな表情ははじめて見た気がして、一度、心臓が音を立てた。

「ひとりじゃなにもできないって。わたしなんか、どうせがんばっても無駄だって」

「だって、そうだろ」

投げつけるように向けられた言葉に、こっちも投げ返すように答える。

睨むような彼女の目に、ますます頭に血がのぼっていくのを感じた。息がしにくい。

「実際できてないじゃん、お前。ひとりじゃなんにも」

「でも、がんばってるじゃん」

間を置かず、七海が突っ返す。右手が上がって、ぐしゃっと自分の前髪を握りしめた。

「なんで認めてくれないの。わたしだって、昔からなにも変わってないわけじゃないよ。身体も強くなってるし、生徒会の活動もちゃんと休まずやれてる。体育もいつもは大丈夫なんだよ。今日はたまたまちょっと調子が悪くて、でもこんなの、十回に一回ぐらいで」

「だから、十回に一回でも調子悪くなるんなら参加すんなって、俺はそう言ってんだよ、ずっと」

「なんで？　そんなこと言ってたら、わたし、これからもなんにもできないよ」

「なんにも」

——できなくていいだろ。

口をつきかけた言葉に、はっとした。

それを言ってはいけないと、まだ少しだけ残っていた頭の片隅の冷静な部分が、押し止《とど》めた。

だって、それは。

「十回に一回体調崩すぐらい、どうってことないんだもん。それで夜に熱が出てもぜんぜんつらくない。がんばれたって証《あか》しだから。それより、体育を見学してるほうがつらいの」

「意味わかんねえ。なんで、たかが体育でそこまで」

「わかんないのは、かんちゃんが健康だからだよ。ずっと、当たり前みたいに体育ができてきたから」

言い返した七海の声には、ほんの少し、憎々しげな色があった。

「はあ？」

だからそれに引っ張られるように、俺の口調もますます刺々《とげとげ》しくなっていく。

「なんだよそれ。俺がなにをわかってないって」

「みんなを外からひとりで眺めてるとき、自分だけ、みんなと違う不良品なんだって突きつけられるあの感じとか。そんなの、かんちゃんにはぜったいわかんないよ。かんちゃんは不良品じゃないんだから」

「じゃあ、あいつは」

口を開くと、呼吸が少し荒くなっているのに気づいた。

「樋渡は、わかってくれんのか。そういうのも、ぜんぶ」

「わかってくれるよ」

答えは、みじんの迷いもなく返される。

挑むような視線を、七海は俺から外さないまま。

「卓くんは知ってるから。わたしの、そういう寂しさとかつらさとか。だからがんばれって言ってくれる。見守ってくれるの」

「……そんなの」

誰だって言える。七海の身体の弱さを知らなければ。

あいつは、知らないだけだ。

知らないから、ただ無責任に背中を押すことだってできるだけで。そんなのは優しさでもなんでもない。ただ、彼女を崖《がけ》から突き落とすようなもので。

「わたしを生徒会に誘ってくれたのも、卓くんなんだ。卓くんは」

なのに七海は、それを心底大事に抱えるように、言葉を継《つ》ぐ。

「わたしの世界を変えてくれたの。わたしも、ひとりでできるんだって。がんばれるんだって。そんなふうに、わたしのこと、対等に見てくれるから」

「……なんだよ、それ」

俺は身体の横で両手をぐっと握りしめた。そうしていないと、思わず手が出そうだった。

「じゃあ俺は、お前のこと対等に見てないって？」

「見てないよ」

苦しげに眉根を寄せた七海が、顔を伏せる。

「だって、かんちゃんは」

そうして一度、強く唇を噛みしめてから、

「……わたしのこと、見下してるもん。ずっと」

これまで積み上げてきたものを壊すように、言った。

「そういうの、わかっちゃうんだ。わたしがかわいそうだから、ずっと手助けしてくれたんだよね、かんちゃん。だけどわたしががんばろうとするのは気に食わない。わたしなんて、なにもできるはずないって思ってるから」

言いながら、自分の口にした言葉に傷つくみたいに、七海がうつむく。

伏せられた睫毛《まつげ》が震える。

「そういうの、しんどい。かんちゃんといると、突きつけられる気がするの。お前はあれもできない、これもできないって。わたしがバカで弱くて、だめな人間なんだって」

その目元がゆっくりと赤みを帯びていくのを見た瞬間、ふいに、ぞっとするほどの嫌な予感にさらされた。

「……なんだ、それ」

たしかに、助けてきた。十五年間。七海ができないことは、俺がずっと。

それが、七海の傍にいる俺の役目だと思っていたから。

だからこれからも、そうしていくつもりだった。当たり前のように。迷うことなく、七海と同じ高校を選んだあのときみたいに。一点の曇りもなく、そんな未来を描いていた。

だから。

七海は、がんばらなくていいと思った。

できないことは、できないままでいい。俺が傍にいるのだから。七海ができないのなら俺が助けてやればいい。代わりにやってやればいい。今までそうしてきたように。

これからもずっと、そうしていけばいい。それがいい。

だって、そうすれば。

――きっと七海は、俺から離れていかないから。

「かんちゃんは、こんなわたしを見てると安心したの。身体もポンコツで、頭も悪くて、ひとりじゃなにもできない、こんな女が近くにいたら気持ちよかったんだよ。だからわたしががんばろうとしても応援してくれない。わたしに変わってほしくないから。見下して、優越感に浸れるような、いつまでもそんな存在でいてほしかったから。だから」

七海の言葉は、それ以上聞こえなかった。

つかの間、頭の中が真っ暗になる。

ものが考えられなくなって、気づけば、俺は手を伸ばしていた。

目の前でうつむく彼女の細い肩をつかむ。思い切り力を込めれば、骨の軋む感覚がした。それに一度肩を震わせ、七海が顔を上げる。

泣きそうに歪んだ顔が俺を見た。

「わたしは」

だけど目は逸らさず、七海は唇を震わせる。必死に、上擦った声を押し出すように。

「かんちゃんと、対等になりたかったよ。ずっと。もっと」

荒い息の合間、言葉を継ぐ。充血《じゅうけつ》した目から、涙がこぼれた。

「……ふつうの、幼なじみに」

言葉はそこで震え、消えた。

七海の喉が引きつり、ひゅっと音を立てる。

震えながら上がった彼女の右手が、自分の胸辺りをぎゅっとつかんだ。顔を伏せ、背中を丸める。その肩が苦しげに大きく揺れた。

「七海」

ぎょっとして、思わず手を離す。

知っていた。前にも見たことがある。対処法も知っている。俺が対応したこともあるし、そのときは上手くできた。それも覚えていたのに、なぜだか、俺は動けなかった。縛《しば》りつけられたように、そこから一歩も。

目の前で苦しげに短い呼吸を繰り返す七海が、ぞっとするほど遠く見えた。

それに途方に暮れて立ち尽くしていたとき、ふいに保健室の扉が開いた。

入ってきたのは、樋渡だった。後ろにはなぜか季帆の姿もあった。

早足に歩いてきた樋渡は、七海の隣に座ると、当たり前のように彼女の頭を自分の胸へ抱き寄せた。そうして七海の耳元でなにかしゃべりかけながら、ゆっくりと彼女の背中をさすっていた。その手の動きに合わせるように、しだいに七海の呼吸が安定していく。

ひどく手馴《てな》れた仕草だった。なんの迷いも、動揺もなかった。

そのあいだ、いつの間にか消えていた季帆は、保健室の先生を呼びにいっていたらしい。

しばらくして、季帆が先生を連れて戻ってきた。その頃にはもう、七海の呼吸はほとんど落ち着いていた。

樋渡と先生がなにか話している。だけど彼らの言葉は、なにも聞き取れなかった。分厚い膜《まく》でも隔てているみたいな、変な感覚だった。季帆が心配そうにじっと俺を見ているのもわかる。けれどそれも、意識からはひどく遠かった。

俺はただ、七海の手を見ていた。樋渡のジャージの裾《すそ》を、ほとんど無意識のように握りしめている、子どもみたいなその手を。ぼうっと映画でも観ているみたいに。なにもできず、立ち尽くしたままのその場から。

ああ、と思う。

なんか、これ、

死にたい。

第四章　好きだった人

昼間の駅は閑散《かんさん》としていて、見慣れない景色だった。

いつもは学生であふれているホームに、俺以外誰もいない。駅員さんも暇そうで、ほうきを持って構内の掃除なんてしている。

それをぼうっと眺めながら、俺は電車が来るのを待っていた。

次に来るのが上りでも下りでも、それに乗ろうと思っていた。そして適当にどこか遠くへ行こうと思った。無性に、そうしたかった。

スマホを眺める気にもなれず、まだ電車のやって来る気配はない線路の向こうへ目をやったとき、

「──土屋くん」

ふいに、後ろから声がした。

ここ最近、数え切れないほど聞いている、俺を呼ぶ高い声。

振り返ると、肩に鞄を提げた季帆がいた。

走ってきたのか、頬が赤い。いつもは入念にセットされている前髪も、少し乱れている。

けれどかまうことなく、「よかった、ここにいて」と心底ほっとしたように呟いてこちらへ歩いてくる季帆に、

「なんでいんの。まだ授業中だろ」

と訊ね、ふっと目をやったホームの時計は、二時半を指している。

「それを言うなら土屋くんもじゃないですか」

「俺は早退です。気分が悪いから」

「では心配なので、私は土屋くんを家まで送りますね」

「は？」

眉をひそめる俺にかまわず、季帆は俺の隣のベンチに腰掛けると、

「土屋くん。私は今日一日、ずっと土屋くんの傍にいますから。ぜったいに」

いやにはっきりとした声で、そんな宣言をした。

「……は？」

「土屋くんを家まで送ったあとは、土屋くんの家の前で、土屋くんの部屋の窓をずっと見ています。土屋くんは十分おきぐらいに私になにか連絡をください。一言でいいので。それが途切れたら、私は玄関を壊してでも土屋くんの家に侵入します」

「……いや、なに言ってんの」

あきれて季帆のほうを見ると、これ以上なく真剣な顔をした彼女と目が合った。

冗談じゃないのは、それだけでわかった。

そもそも、彼女の言葉が冗談だったことなんて、これまで一度もなかった。

「七海さん、大丈夫だったみたいですよ。あのあとすぐ呼吸も落ち着いて」

俺が黙っているあいだに、思い出したように季帆が言った。

「病院にも行かなかったし、早退することもなかったみたいです。あのあとは教室に戻って、ふつうに授業受けてました」

「……ふうん」

どんな反応をすればいいのか、俺は咄嗟にわからなかった。

とりあえず、そんな気の抜けた相槌だけ打つ。

「そういやお前、なんであのとき保健室にいたの」

「私も見てたんです。土屋くんが七海さんを保健室に連れていくところ。それでふたりがなかなか戻ってこなかったから、心配になって見にいってみたら、保健室のドアの前に樋渡くんがいて」

「……ドアの前？」

なんとなく嫌な予感を覚えながら聞き返す。

「はい。土屋くんの声も七海さんの声もけっこう大きかったから、外まで少し聞こえてたんですよね。それ聞いてるみたいでした」

たしかに樋渡が入ってきたのは、中の様子がわかっていたようなタイミングだった。

「……盗み聞きかよ」

趣味悪、と吐き捨てようとした声は、自分でも驚くほど力がなかった。

なんだそれ。よけいに死にたい。

「なに、じゃあお前も聞いてたってこと?」

「はい。樋渡くんといっしょに、しばらく聞いてました。なんか入りにくかったし」

「どのへんから?」

「『実際できてないじゃん、お前。ひとりじゃなんにも』辺りからです」

「……めっちゃ序盤じゃん」

ということは、樋渡はそれより前から聞いていたのか。死にたい。俺が思わずうつむいて打ちひしがれていると、

「……あの、土屋くん」

季帆がめずらしく気遣わしげに、おずおずと口を開いた。

「これ、土屋くんはたぶん知らなかったと思うんですけど」

「なに」

「樋渡くんって、私たちより一歳年上らしいですよ」

「……は?」

なにを言われたのかよくわからず、聞き返しながら顔を上げると。

「中学卒業して高校入学する前に、一年空《あ》いたそうなんです。だから同じ高校一年生だけど、歳はいっこ上なんだって。知ってました?」

「……知らなかった」

俺は季帆のほうを見た。

ざわざわと、胸の奥をなにかが走るような、嫌な感覚がした。

俺の返事に、「でしょう。だから」と季帆はなぜかうれしそうに笑って重ねる。

「土屋くんは樋渡くんに負けたからって、そんなに落ち込むことないんです。だって土屋くんと樋渡くん、フェアじゃないんですから。一年人生経験が違えばいろいろと変わると思うし、それに私たちぐらいの女子って年上に惹《ひ》かれがちじゃないですか。だから、樋渡くんは最初からズルしてるようなものなんです。不公平なんです」

俺は黙って季帆の顔を見ていた。

ゆっくりと息を吐く。

卓くんはわかってくれる。俺にそう告げた七海の声を思い出しながら。

「……なんで」

「え？」

「なんで一年空いたって？　高校入学する前に」

「えっと、なんか病気だったらしいですよ。小さい頃から長いこと。その手術とか治療に専念するためにって」

「……へえ」

力なく呟いて、俺はベンチの背もたれに寄りかかった。全身から力が抜けていくような感覚がした。

なんだそれ、と乾いた笑いが漏れる。

涙が出そうなほど、苦い笑いだった。

「……ずりぃな、ほんと」

ぼそっと呟いた言葉に、「でしょ！」と季帆はさらに意気込んだ調子で声を上げる。

「そんなの、ある意味チートみたいなもんですよ。ずるいです、超ずるい」

「そうだな」

「最初からぜんぜんフェアじゃなかったんですよ。だから大丈夫です、負けたって」

「……うん」

――本当に。

フェアじゃない。

だってそんなの、俺にはどうすることもできない。

同じ境遇じゃないとわかり合えないというのなら。

ひとり体育を見学しながら、七海がなにを考えていたのかなんて。外で遊ぶ同級生たちを、七海がどんな気持ちで眺めていたかなんて。そんなの、俺にはわからない。

わかるわけがない。

……いや、違うか。

俺はたぶん、考えたこともない。

そんなこと、どうでもいいと思っていたから。

途方に暮れた気分で顔を上げたとき、線路の向こうに青色の車両が見えた。

ベルが鳴る。続いて、三番乗り場に上り電車がまいります、のアナウンス。

立ち上がろうとして、俺はふと季帆のほうへ目をやった。

「あのさ」

「はい」

「俺、あれに乗るから」

え、と季帆が戸惑ったように首を傾げる。

「あれ上りですよ？」

「うん。どっか行こうと思って」

「じゃあ、私もいっしょについていきますね」

予想どおりの言葉を続けて、季帆はさっとベンチから立ち上がる。

「どこに行くんですか？」

「……どこにしよっかな」

気の抜けた声を返して、ぼんやりと近づいてくる電車を眺めていたら、

「あっ、じゃあ」季帆がふと思いついたように声を上げた。

やけに楽しげな笑顔がこちらを向く。

「柚島に行きませんか。今から」


いつもは学生であふれている車内も、今日はガラガラだった。

席も座り放題で、俺たちは扉近くにある四人掛けのボックス席に向かい合って座った。

「そういやお前、大丈夫なの？」

「なにがですか？」

ふと心配になって訊ねれば、季帆がきょとんとした顔でこちらを見る。

「今から柚島とか行ったら、帰り、相当遅くなると思うけど」

「え、大丈夫ですよ。別に柚島に行かなかったとしても、どうせ今日は、一日土屋くんの傍から離れないつもりですし」

「……ああ、そうだったな」

そういえばそんなことを言っていた。俺が家に帰ったら、家の前でずっと見張って

いると。

季帆が本気でそうするつもりなのは、もう嫌になるほどわかる。

「だから、むしろちょうどいいです。家の前にひとりでいるより、土屋くんといっしょにお出かけできてうれしいし。ね、土屋くんは柚島行ったことありますか？」

「いや、ない……と思う、たぶん」

咄嗟に思い出せず、歯切れの悪い返答をする。

「たぶん？」

「もしかしたら、ちっちゃい頃とか行ったことあるかも。でも覚えてない」

「この辺りに住んでるなら、たぶん一回は行ってると思いますよ。小学校の校外学習とかで行きませんでした？」

「ああ、行った……ような気もする」

校外学習。

季帆の口にしたその単語が、なぜか少し頭の隅に引っかかった。

「私も小学校の頃に校外学習で行きました。それ以来です、柚島」

「へえ」

俺が気の抜けた相槌を打ったところで、会話は途切れた。

だから俺は黙って窓のほうへ目を向けた。

街中を走っていた電車は、いつの間にか郊外へ抜けていた。窓の外には、マンションやオフィスビルに代わって、稲穂《いなほ》の実る田んぼが広がっている。

普段あまり見慣れない景色が流れていくのを眺めながら、そういや電車賃足りるかな、前にチャージしたのいつだっけ、なんて今更な心配をしていたら、

「土屋くん」

ふっと真面目なトーンになって、季帆が呼んだ。

「そんなに、死にそうな顔しないでください」

俺は季帆のほうへ視線を戻すと、何度かまばたきをした。

「……俺そんな顔してんの？」

「はい、もう絶望！って顔中に書いてある感じです。そんな悲観的になることないじゃないですか。たしかに、さっきのあれはきつかったかもしれないですけど、私は私で計画を進めてますので」

「……計画って、樋渡を寝取るってやつか」

そういえばこいつ、そんなこともしてるんだった。……俺のために。

「そうです。そっちが上手くいけばどうせ、あのふたりは別れるんですから。だからそのときは、土屋くんが七海さんを――」

「いいよ、もう」

たとえその計画が上手くいって、七海と樋渡が別れたとして。

七海が俺のもとへ戻ってくる可能性なんて、万にひとつもないことぐらい、もうわかる。

……いや、そもそも七海は、最初から俺の傍になんていなかったのか。

七海にとって俺は、〝ふつうの幼なじみ〟ですらなかったのだから。

「そんなこと、しなくていい。どうにもならないから」

「なんでですか。傷心のところを上手くつけば、まだチャンスは」

「つーか、どうせその計画上手くいかないよ。たぶんだけど、樋渡、お前のことなんて眼中にないだろ。七海もぜんぜん不安がってなかったし」

「まあ、それは私も薄々感じてますけど、でも大丈夫です。まだ最終手段がありますから」

「最終手段？」

はい、と得意げに目を細めてみせた季帆が、軽くこちらへ身を乗り出す。

「――色仕掛《いろじか》けです」

「……は？」

「男子高校生にはけっきょくこれがいちばん効くって、ネットで見ました。だからもう押し倒して、無理矢理にでも既成《きせい》事実を作っちゃえばいいんです。樋渡くんなら細いし、私でも押さえ込めそうじゃないですか。だから放課後にでも、どこかでふたりきりになれる機会を狙って」

「……いや、無理だって」

なぜかどや顔でそんなことを言ってくる季帆に、俺はふと途方に暮れた気分になる。

なんで。

なんで、こいつは。

「いいよ、ほんとにもう。そんなことしなくて」

季帆は本気なのだろう。本気で俺のために、そこまでするつもりなのだろう。なんの迷いもなく。躊躇もなく。

今更そんなことを実感して、なぜだか一瞬、泣きたくなった。

わけがわからなかった。

こいつのすることは、最初からずっと。

「だってそれ、お前の気持ちはどうなんの」

「私の気持ち？」

「好きでもない男とそんなことして。それも、他の男を他の女とくっつけるために。もしそれが上手くいったとして、そのあとお前はどうすんの」

季帆が、七海から樋渡を奪うと言ってきたとき。

俺は一瞬、期待した。

奪えるのなら奪ってほしいと、思ってしまった。

それで七海が傷つこうが、別にいいと思った。むしろ傷つけばいい。そうして思い知ればいい。自分の見る目のなさや、今まで誰が、お前がそんなふうに傷つかないよう、守ってきてやったのか。

そう、思ってしまったのに。

「私はいいんです。土屋くんが幸せになってくれれば、それで満足だから。土屋くんが、もう死にたいなんて思わないようになってくれれば、それだけでいいんです」

季帆は臆面《おくめん》もなくそう言い切って、穏やかに目を細める。

その言葉にも笑顔にも嘘は見えなくて、俺はよけいに途方に暮れた。

なんでだよ、と力ない声がこぼれる。

季帆の言うことが、なにひとつ理解できなくて。

「好きなら、自分がそいつといっしょにいたいもんじゃないの？　自分が手に入れたいって、思うもんじゃないの。わけわかんない、お前。なんでそんな、俺のためばっかり考えられんの」

言い募る俺の声に必死な色がにじんでいたからか、うーん、と季帆はちょっと困ったように首を傾げる。

「私の動機が、〝好きだから〟じゃないからですかね」

「……は？」

「仕返しだって言ったじゃないですか。これは、土屋くんへの仕返しなんですよ」

季帆が静かにそう告げたとき、電車がトンネルに入った。

車内が暗くなると同時に、反響する走行音が耳を覆う。そのせいで、聞き返すタイミングを逃した。

数秒後に電車がトンネルを抜け、明るさが戻る。途端、「わあ」と季帆が弾んだ声を上げた。

彼女の視線の先をたどり、俺もつかの間、目を奪われた。

車窓の向こう、一面の青が広がっていた。

駅に降りると、潮の匂いが鼻腔《びこう》を満たした。まだ海は遠いのに、その匂いは他のどんな匂いよりも濃く、辺りに漂っていた。

白い屋根の小さな駅舎の向こう、どこまでも続く水平線が広がっていて。

「うみー！」

それを見るなり、いきなりテンションが上がった季帆が叫ぶものだから、ちょっと引いた。

さいわい、平日昼間の駅にひとけはなく、引いたのは俺ひとりだった。

「……ほんとに海見て海って叫ぶ人いるんだ」

「え、なんですか？」

「いやなんでも」

「ね、早く砂浜のほうまで行きましょう！」

浮き立った笑顔で言って、季帆が俺の腕を引く。待ちきれない様子でずんずん歩いていく季帆に、俺は引きずられるようにして歩きながら、

「……そんなに好きなのか、柚島」

思わずぼそっと呟いた。

七海が、あんな無謀《むぼう》な計画を立ててまで行こうとしていたぐらい。柚島には、女子を惹きつけるなにかがあるのだろうか。たしかに海はきれいだし、おしゃれなお店も多いけど。似たような場所なら、もっと近場にもあるのに。

そんなことを考えていたら、

「いえ、私はどっちかというと嫌いです」

季帆からは思わぬ答えが返ってきて、面食らった。

「え、なんで？」

「小学校の頃、校外学習で来たので」

返された理由も、よくわからなかった。

「なに、それが楽しくなかったの？」

「はい。私、友達もいなかったし」

さらっとそんなことを言われ、咄嗟になんと返せばいいのか思いつかない。

あー、と思わず言葉に詰まって声を漏らす。

「でも私は、健康だったので」

「え」

「参加しないといけなかったんですよね。そういう行事も、ぜんぶ」

よくわからない言い回しに季帆のほうを見れば、奇妙に静かな表情で前を見つめる横顔があった。

それに困惑して俺がなにも返せないでいるうちに、

「あ、そういえば土屋くん」

思い出したように声を上げ、季帆がこちらを向いた。

「今、お金どれぐらい持ってます？」

「えーと」

俺はさっきちらっと確認した財布の中身を思い出す。

「三千円ちょいぐらい」

「それは、帰りの電車賃を引いて？」

「合わせて」

「……うーん」

俺の答えに、季帆はしばしなにか考え込むように黙ったあとで、おもむろに鞄を開けた。中から財布を取り出し、じっと中身を確認する。

そうしてまたしばし考え込んだあと、

「カフェは無理かなあ……」

なんて呟いていたので、「無理だよ」と俺はいそいで言っておいた。

「俺、帰りの電車賃でぎりぎりだし」

「私も土屋くんの分まで出せるほどは持ち合わせてないみたいなんです。残念ながら」

「じゃあ、あきらめよう。しょうがないじゃん、急だったし」

「そうですね……」

しゅんとして頷いてから、だけどすぐに「あっ、じゃあ」と気を取り直したように顔を上げた季帆は、

「山に登りましょう」

「山ぁ？」

あからさまに気乗りしない声で聞き返してしまった俺にはかまわず、「はい！」と

笑顔で頷いてみせる。

「近くに白波山《しらはやま》っていう山があるんです。低い山だからすぐ登れるみたいだし、絶景スポットらしいですよ。登りましょう」

「やだよ、きつそうじゃん」

「なに言ってるんですか、若いのに。それに大丈夫ですよ、途中までバスで行けるみたいですし」

そう一刀両断《いっとうりょうだん》して、季帆は鞄からスマホを取り出すと、

「私、ちょっとバスの時間調べてみますね！」

てきぱきと告げて、さっさとスマホを操作しはじめた。

けっきょく、ちょうど十分後にやって来る山行きのバスがあることがわかってしまい、近くのバス停まで移動した。

観光名所として有名なこの場所も、平日はただののどかな海辺の街に見えた。休日はおそらく観光客でごった返すのであろう海岸も、犬を連れたおじいさんがひとり歩いているだけで、閑散《かんさん》としている。

小さなバス停には、俺たちの他に、五歳ぐらいの女の子とお母さんらしき女性のふたりがいた。

しきりにお母さんに話しかける女の子の舌っ足らずな声が、少しだけこちらまで聞

こえてくる。ユミちゃんは竹馬《たけうま》が上手なのだとか、今度教えてもらう約束をしただとか。それをぼんやり聞きながら、俺はふと、七海たちの旅行計画にも登山があったのを思い出していた。

……七海に、登れるはずがないのに。

やがて、小さな青色のバスがやって来た。

乗り込むと、車内には地元の人らしい高校生が数人いるだけで、席はガラガラだった。バス停にいた親子連れは、このバスには乗らなかった。

後ろのほうのふたり掛けの席に座ると、窓の外で、さっきの女の子がこちらをじっと見上げていた。

「……あ」

その光景にふいに既視感《きしかん》が湧いて、俺は顔を上げた。

まだ夕焼けには早い時間の海は、日差しを反射してキラキラと光っている。風があって、波は少し高い。

「どうしました？」

「いや、思い出して」

こちらを振り向いた季帆に、乾いた声で答える。

「なにをですか？」

「俺もここ、来たことあったな、って」

「あ、やっぱり。小学校の校外学習でしょう？」

「それでも来たけど、それと、保育園のお泊まり保育で」

――そのどちらも、七海は来なかった。来られなかった。

……ああ、そういうことか。

なんだか急にピントが合って、俺は目を伏せた。

七海がなぜ柚島にこだわったのか。ようやくわかった気がして、なんだか少し、途方に暮れた。

＊＊＊

「ななみのママはね、うみが大好きなんだって。それでね」

自由帳に青いクレヨンで絵を描きながら、七海が言う。うれしそうに弾んだ声で。

「だからななみの名前にも、うみが入ってるんだよって」

「入ってないじゃん。ななみに、うみなんて」

七海の言っていることがよくわからなくて、俺は首を捻る。七海と同じように、自由帳にクレヨンを走らせながら。

天気の良い日だったから他の子たちはみんな外で遊んでいて、教室にいるのは俺と七海のふたりだけだった。

「入ってるよ。ななみの〝み〟は、うみだもん」

「……わかんない」

「だからね、ななみ、うみに行ってみたかったんだあ。ずっと」

俺の反応なんてかまわず、七海は楽しそうにしゃべりつづけている。手を動かすのもやめずに。

さっきから彼女が描いているのは、海の絵だった。その頃の七海は、いつも海の絵ばかり描いていた。お泊まり保育の、一週間ぐらい前の日だった。

「すっごくおっきくてね、きれいなんだって。ゆずしまに行ったら、みんなでうみで遊ぶんだって。先生が言ってたよ」

「ふうん」

それより俺は、外から聞こえてくる楽しげな声が気になっていた。お絵かきなんて、もうとっくに飽きていた。そもそも、お絵かき自体そんなに好きでもなかったから。

七海はよく飽きないなあ、なんて思っていた。来る日も来る日もお絵かきばかりして。それも最近は、同じ絵ばかり描いて。

だんだん退屈になってきて、あと少ししたら俺も外に行こうかなあ、なんて考えていたら。

「ゆずしまに行ったら、かんちゃん、いっしょにうみで遊ぼうね」

「うん、いいよ」

「やくそく！」

うれしそうな笑顔で、七海が小指を差し出してくる。

──その頃の俺は、まだ、よくわかっていなかった。七海がどうしていつもお絵かきばかりしているのか。外で遊ばないのか。しょっちゅう保育園を休んでいたのか。

だからなにも考えることなく、彼女の指に自分の小指を絡《から》めていた。

それにますますうれしそうに笑った七海が、ゆびきりげんまん、と歌いはじめる。

つられて、俺もいっしょに歌った。

知らなかったから。七海はお泊まり保育に行けないと、とっくに決まっていたことなんて。

それを知ったのは、お泊まり保育当日の朝だった。

いつもより大きな荷物を抱えて、いつもよりわくわくしながら外に出たとき。

「──やだ！　やだやだ！」

家の前で、七海が泣いているのを見た。髪を振り乱して、真っ赤な頬にぼろぼろと涙をこぼして。

「ななみも行く！　ぜったい行く！」

「もう、わがまま言わないでよ……」

困り果てたように七海をなだめるおばさんのほうも、泣きそうな顔をしていた。七海と同じぐらい、悲しそうだった。

「やだ！」

抱きしめようとするおばさんの腕を振り払って、七海が叫ぶ。

七海はよく泣く子だったけれど、あんなふうに大泣きしているのを見たのは、あれがはじめてだった。

――そしてけっきょく、最初で最後だったように思う。

「ななみも、かんちゃんといっしょに行く！　やくそくしたもん、うみでいっしょに遊ぶって！　かんちゃんと、やくそくしたもん！」

そのときぼんやりと、俺は認識した。

七海が、他の子とは違うこと。他の子にできることが、七海にはできないこと。

「……俺も、行くのやめよっかな」

バスに乗り込む前、先生にぽつんとそんなことを言ったら、なぜだか先生もちょっと悲しそうな顔をして、

「七海ちゃんとは、また帰ってきたらたくさん遊んであげてね」

そう言って、押し込むようにして俺をバスに乗せた。

席に座って窓の外を見ると、真っ赤な目をした七海がこちらを見ていた。肩を上下させ、まだぼろぼろと涙をこぼしながら。目が合うと、さらにその表情がぐしゃっと歪んだ。

いかないで、と唇が動くのが見えた。

おいていかないで、かんちゃん。

七海は〝かわいそう〟なのだと、そのとき知った。

だから帰ってきたら、また七海といっしょにお絵かきをしようと思った。どんなに外で遊びたくても、我慢しよう。七海はできないのだから。かわいそうなのだから。

俺がいっしょにいてあげよう、とそのとき、そう決めた。

七海がもう、あんなふうに泣かないように。悲しまないように。

――最初はただ、本当に、それだけだったのに。

＊
＊
＊

山のふもとぐらいまで運んでくれるのかと思っていたバスは、思いがけなく山の中《ちゅう》腹《ふく》まで登っていった。

山道を二十分ほど登ったところで、終点に着く。他の乗客はみんな途中で降りていて、そこまで乗っていたのは俺たちだけだった。

「……山に登るって、これ？」

思わず拍子抜けして呟く。

バス停で降りてすぐのところには、もう展望台があった。ごろごろと転がる岩と柵《さく》の向こう、一面の海と小さな島々が広がっている。

「山頂はまだ先ですよ。でも、ここでも充分きれいですね」

頷いて、俺は柵の近くまで歩いていく。見下ろすと、深い青が視界を埋めた。

＊＊＊

「かんちゃん、うみの絵、かいて？」

お泊まり保育から帰ってきて、次に七海と保育園で会ったとき。

七海は俺に自由帳を差し出しながら、そう言った。

お泊まり保育でなにをしたのかとか、どんなところへ行ったのかとか、そんなことはひとつも訊いてこなかった。ただそれだけ、頼んできた。

頷いて、俺は七海から自由帳を受け取る。

そうして青いクレヨンを手に取り、白いページを青く塗りつぶそうとして、ふと手を止めた。

「……ななみちゃん」

「うん？」

「こんど、いっしょに行こう」

「え」

「ななみちゃんが、もう少し元気になったら。いっしょに、ゆずしまに行って、うみであそぼう。ね」

七海は俺の顔を見つめて、何度かまばたきをした。

一拍置いて、その顔に笑みが満ちていく。頬を赤くして、顔をくしゃくしゃにして。

「……うん！」

やくそく、と七海は満面の笑みでまた小指を差し出してきた。

「いっしょに行こうね、かんちゃん」

――七海は、いつまで覚えていたのだろう。

いつまで、その隣に、俺の姿を描いてくれていたのだろう。

お泊まり保育から帰ってきてからはずっと、俺は七海の傍にいた。そうしなければならないと思った。

七海がひとりぼっちにならないように、毎日七海といっしょに遊んだ。

お絵かきとか、積み木とか。どれもあまり好きな遊びではなかったけれど、別によかった。

「かんちゃんとあそぶのが、いちばん楽しい」

七海がいつも、そう言って笑うから。

本当に心の底から、楽しそうに。

外で遊べない七海には、仲の良い友達なんてほとんどいなかった。だから保育園にいるあいだ、七海はいつも俺といっしょにいた。

いつも俺の後ろをついてきて、離れないように俺の服の裾をつまんで。振り向くと、ぱっと頬を赤くして、うれしそうに笑って。

「かんちゃん」

俺はそれが、好きだった。

俺を見つけるたび、そうやってうれしそうに顔を輝かせる七海を見るのが。

「かんちゃん、いつもありがとう」

七海がことあるごとに礼の言葉を繰り返すようになったのは、小学校に上がった頃。七海はあまり勉強ができなかったから、俺がよく教えた。

あいかわらず病弱で引っ込み思案だった七海は、その頃も友達が少なかった。だからそんなふうに七海が頼っているのは、俺だけで。

「かんちゃんがいてくれて、よかった」

そう言うときの七海は、いつも、まっすぐに俺の目を見つめた。

うれしそうな笑みの中に、ほんの少し、媚《こ》びるような色をにじませて。

そんな、彼女の少しだけ卑屈《ひくつ》な表情が、好きだった。

ああ、七海は俺がいなくなったら困るのだと、そんなことを実感できるから。それがうれしくて、──気持ちよかったから。


「本当に、かんちゃんがいてくれてよかったわ」

家の玄関先で、七海のお母さんが俺の母にそんなことを言っているのを、聞いたことがある。

「いつもかんちゃんが、七海といっしょにいてくれてるって。おかげで七海、最近はすごく学校が楽しそうなの。前は行きたくないってよく泣いてたのに」

頭を下げるおばさんに、母は恐縮《きょうしゅく》したように顔の前で手を振る。

「そんな、幹太はただ七海ちゃんが好きで、いっしょにいるだけなんだから」

「でも七海、ただでさえ頭良くないのに、授業も休みがちでしょ。だからちゃんと勉強についていけてるのかなって心配だったんだけど、かんちゃんがね、七海に勉強も教えてくれてるらしいの。放課後とか休み時間とか。そのおかげで、七海もなんとかついていけてるみたいで。だから本当にかんちゃんのおかげ。今、七海が学校でやっていけてるのは、ぜんぶ、かんちゃんがいてくれるからなのよ」

ありがとう、と再度おばさんが深く頭を下げる。それに母がますます恐縮して、顔を上げるようあわてて促すのを、俺はリビングからこっそり眺めていた。

「七海に、かんちゃんがいてくれてよかったわ」

嚙みしめるように、おばさんが何度も何度も、そう繰り返すのを。


大きくなるにつれ、七海の身体も少しずつ強くなった。前ほど、倒れたり寝込んだりすることもなくなった。学校を休む頻度も減って、少しだけなら外で遊べるようにもなって。それで自信がついたのか、七海の性格も少しずつ明るくなって。いっしょに遊ぶ友達も、だんだん増えていった。

俺は、それが。

たまらなく、嫌だった。

「かんちゃんは、部活どこに入るか決めた？」

中学校に上がってからも、俺と七海の関係が変わることはなかった。

俺が、変えないようにしていたから。

小学校の頃と同じように、時間が合えばいっしょに登下校していたし、休み時間や放課後にはあいかわらず、俺は七海に勉強を教えていた。七海が学校で体調を崩したとき、真っ先に気づいて保健室に連れていくのも、いつも俺の役目だった。

その役目を、誰にも譲る気はなかった。これからもずっと。

七海が困ったとき、彼女を助けるのは俺であってほしかった。彼女に感謝されるのも、あの媚びるような目を向けられるのも。ずっとこのまま、続いてほしかった。続けたかった。なにも、変わらずに。

だから。

「たぶん、サッカー」

「そっかあ。上手だもんね、かんちゃん」

どこか上《うわ》の空な相槌を打ったあとで、「……わたしも」と、ためらいがちに七海が続ける。

「どこか、部活、入ってもいいのかな」

俺は黙って七海のほうを見た。低い位置で二つに束ねた髪の毛先に触れながら、七海はぼんやり自分の足下を見つめていた。まだ真新しいセーラー服は、その幼い横顔には馴染んでいなくて、どこかぎこちない。

なぜか、そのことにわけもなくほっとしながら、決まりきった答えを返す。

「無理だろ、七海には」

「……かな、やっぱり」

「文化部だって帰りはけっこう遅くなるだろうし。放課後は病院に行かないといけない日もあるだろ。別に強制じゃないんだから、無理して入らなくてもいいじゃん」

そう言っても、「うん、そうなんだけど……」と七海は歯切れ悪く呟いていたので、

「なに、どっか入りたい部活でもあんの？」

訊ねると、七海は困ったように首を横に振った。

「そういうわけじゃないんだけど……ただ」

「ただ？」

「今日ね、クラスの子に訊かれたんだ。七海ちゃんはどこの部活に入るの、って。だから、たぶんどこにも入らないと思うって答えたら、びっくりされちゃって。他の子はね、だいたいみんななにか部活に入るみたいで、だから」

「いいじゃん、別に」

さえぎる口調が思いのほか強くなって、七海がちょっと驚いたように口をつぐんだ。

「そりゃクラスのやつらは、七海の身体のこととかなんにも知らないから。なにも考えずに、気安くそんなこと言ってくるだけだろ。気にしなくていいよ。しょうがないじゃん、七海には無理なんだから」

七海はなんだか困ったように、じっと俺を見ていた。なにか言いたげな顔をしているのはわかった。ついでに、彼女がなにを言いたいのかも、たぶん薄々わかっていた。

だけど七海が俺にそれを言うなんて、ぜったいにできないことも。

きっと七海は、部活に入りたいと思っている。どこでもいいから、〝みんな〟と同じように、〝ふつう〟のことがしたいのだ。わかっていた。七海はいつからか、そうやって前に進もうとばかりしていた。

だけどそんなの、俺は許さない。

だって七海には無理だから。無理なはずだから。七海は〝ふつう〟じゃない。〝みんな〟と同じように、なんてできない。だから俺が助けてやらなければならない。七海はそんな存在だから。これからもずっと。

――ずっと。

「なにしてんの、七海」

部活中、忘れ物に気づいて教室に戻ったときだった。

夕陽の差し込む教室にひとり、七海がいた。

「あ、かんちゃん」

気づいた七海が顔を上げ、にこりと笑う。そうして、「あのね」とどこか誇らしげに、自分の机の上に積まれた大量のプリントを指さしてみせた。

「これ、明日みんなに配る新聞なんだって」

「なんで七海の机にあんの」

校内新聞を作って配るのは、広報委員会の仕事のはずだ。

「仕分けの仕事大変そうだったから、わたしも手伝ってるの」

なぜかうれしそうに告げられた言葉に、眉を寄せながら、俺は七海の席まで歩いていった。

そのあいだも七海は作業を止めることなく、三枚まとめたプリントの左上を、ホチキスで留めている。

「……なんで七海がそんなことしてんの」

「あ、今回ね、新聞作るのに時間かかっちゃって、仕分けが間に合いそうにないからって」

「そうじゃなくて」

壁にかけられた時計に目をやると、もう六時を回ろうとしていた。けっきょくなんの部活にも委員会にも入らなかった七海が、こんなに遅くまで学校に残っていることは、これまでなかったはずだ。

胸の奥に、もやもやとした苛立ちが湧く。どこか、焦りにも似ていた。

「別に七海がしなくてもいいだろ、それ」

「え、でも、広報委員の人たち困ってたから……」

「だから、あとは俺がやっとくから。お前もう帰れよ。おばさんも心配するだろ」

だいたいなんで、広報委員のやつらも七海に頼むのだろう。よりにもよって七海に。

イライラとそんなことを思いながら、七海の机にある残りのプリントを俺が取り上げようとしたら、

「あ、あのね、わたしが言ったの。手伝いたいって」

俺の苛立ちを見透《みす》かしたみたいに、七海が言った。あわてたような早口で。

「手伝いたかったんだ。ほら、わたし、今までこういうお仕事とかしたことなくて。クラスの係とか委員会もなんにもしてないでしょ。だからね、たまには――」

「しょうがないじゃん、そんなの」

言い募ろうとした七海をさえぎり、つっけんどんに告げる。なにを言っているのだろう、とますます苛立ちながら。

「七海には無理なんだから。係も委員会も。できないこと無理してやんなくていいじゃん。できるやつがやればいいんだよ」

「これぐらいなら、できるよ、わたしにも……」

「無理だよ」

弱々しく反論されかけた言葉を、もう一度さえぎっておく。できるだけはっきりとした口調で。

七海のほうを見ると、表情を強張らせた彼女と目が合った。

その目が少し傷ついたように揺れるのも、気づかない振りをして俺は重ねる。今度はできるだけ、優しい声で。

「早く帰ってこいって言われてんだろ、おばさんにも。もう疲れてるだろうし、早く帰って休めよ。無理したらまた熱出るかもしんないし」

七海は少しのあいだ黙って俺の顔を見つめた。

一瞬、なにか言いたげに唇が震えて、だけどけっきょく、思い直したように呑み込んだのがわかった。代わりに、へらりとその口元が笑みの形を作る。見慣れた、媚びるような笑みを。

「……うん。わかった」

その従順な返事を確認して、俺はまた安堵《あんど》する。

わかっていたけれど。七海が俺に逆らわないことなんて。

だって七海は、俺に嫌われたくないはずだから。

俺に嫌われると、困るから。いつも自分を助けてくれて、守ってくれる、そんな存在を。手放したくは、ないはずだから。

だからこれからも、俺が七海にとってのそんな存在でありつづけるために。

成長とか自立とか、七海はそんなの、しなくていいと思った。

しないでほしかった。

昔のまま、ふたりきりの教室でずっと絵を描いていた、あの頃のまま。俺がいなければなにもできない、そんな彼女のままで。ずっと、俺を頼ってほしかった。〝かわいそう〟な七海を、俺に守らせてほしかった。これからもずっと。

ずっと。

かんちゃんがいてくれてよかった、といつまでも、彼女が言ってくれるように。

いつの間にか、俺が七海に望むことなんて、それだけになっていた。

七海が傷つこうが、悲しもうが。ただずっと俺の傍にいてくれるなら、それだけでよかった。あの日みたいに、おいていかないで、と、俺を追いすがってくれれば。

＊＊＊

……ああ、なんだ。

喉の奥が震えて、笑いが込み上げる。死にたくなるほど、苦い笑いだった。

大きく息を吐くと、いっしょに身体からも力が抜けていく感覚がした。柵に手をかけたまま、崩れるようにしゃがみ込む。

「土屋くん」

そうして途方に暮れた気分で顔を伏せていると、後頭部に季帆の心配そうな声が降ってきた。

「大丈夫ですか?」

「……あんまり」

今更、気づいてしまった。

別に、あのとき壊れたわけではなくて。

もう、とっくに壊れていたのか。俺と七海の関係なんて。

「どうかしたんですか?」

「なんか」

だって、俺は。

「死にたいなと思って」

七海と対等になんて、なりたくなかったから。

「……そうですか」

静かな声と、じゃり、と砂を踏みしめる音がした。

ふと顔を上げると、目線の位置に季帆の白いスニーカーがあった。

展望台の柵に載ったそのスニーカーが、また地面に降りる。柵の向こう側、切り立った崖とのわずかな隙間に。

「……は？」

我に返り、間の抜けた声を漏らす。

片手を柵に置いたまま、季帆がこちらを振り向く。その背後には、水平線が広がっている。遠くのほうでは、海鳥《うみどり》が群れを成して飛んでいた。足下から響くのは、絶えず波が岩に打ちつける音。

「い……いや、なに？　なにやって――」

「言ったじゃないですか」

まっすぐに俺を見つめた季帆の顔は、怖いほどに真剣だった。

はじめて、彼女が俺の前に現れた、あの日みたいに。

「死ぬなんて、死んでも止めるって」

――本気だった。季帆は、いつだって。

「……いや、意味わかんないけど」

いまいち目の前の状況が呑み込めないまま、俺は上擦った声を投げる。

季帆が立っているのは、転落防止の柵の向こう側。人ひとりがぎりぎり立てるぐらいのその後ろには、もうなにもない。すぐに足場は消え、数十メートル下の岩場と波打つ海面が見える。

「なにしてんの、お前、マジで」

混乱しながらも、俺はいそいで立ち上がる。拍子に、右足が足下の小石を蹴った。勢いよく転がったそれは、一瞬のうちに視界から消える。柵の向こう、崖の下へと一直線に。

その光景を目にした瞬間、ざあっと血の気が引いた。

「季帆」

咄嗟に手を伸ばし、彼女の腕をつかんだところで、

「土屋くんが、ここから飛び降りようとしたときのためです」

まっすぐに俺の顔を見つめたまま、季帆が口を開いた。

場違いに落ち着いた声だった。

「は？　は？」

「もし本気で土屋くんが飛び降りようとしたら、私じゃ止めきれないかもしれない

じゃないですか。男女の力の差とか考えたら、本気で抵抗されちゃうとたぶんどうしようもないかなって。だからちゃんと対処できるように、ここにいようと思って」

「対処？」

「はい」

あいかわらず真剣な表情で、季帆は強く相槌を打つ。そうして告げた。

「土屋くんが飛び降りると同時に、私も飛び降ります。落ちながら土屋くんに抱きついて、私が土屋くんの下に落ちるようにします。そうして私の身体をクッションにして、土屋くんを助けます」

「……は？」

「だから土屋くん、飛び降りても無駄ですよ。どうせ土屋くんは死ねませんから。私が、なにがなんでも助けます。残念ですけど」

「……いや、なに言ってんの」

乾いた声で突っ返す。

軽く目を細めた表情はどこか得意げにすら見えて、あきれた。電車の中で、樋渡を奪う方法を語っていたときと同じだった。なんの迷いも、ためらいもない表情。

季帆は本気だった。いつものように。

嫌になるほどそれを実感して、俺は目を伏せる。

そうして季帆の腕をつかむ手に力を込めながら、声を押し出した。

「そんな上手いことといくかよ。どうせそのまま落ちて、ふたりとも死ぬだけだろ」

「そのときはまあ仕方ないです。土屋くんが死んだらもう私に生きる意味なんてないし、いっしょに死ねるならそれはそれで。もし土屋くんが私より先に死んだら、私もすぐに死ぬだけだから」

「……なに言ってんだよ」

「ここまで土屋くんが死ぬことを邪魔できたら、もう充分かなって気もします。最後は上手くいかなかったとしても、土屋くんのためにここまでやれたんだって思うと、充分、仕返しできたかなって」

仕返し、と俺は掠《かす》れた声で繰り返す。

何度となく、季帆が口にする言葉。

俺につきまとうのも、七海から樋渡を奪うのも。ぜんぶ仕返しなのだと季帆は言った。俺を助けるために、ここから飛び降りて死ぬことも？

わけがわからなかった。なにひとつ。

こいつのすることは、ずっと。ずっと。

「……なんで」

たとえば、七海が俺より先に死んだとして。俺は七海のあとを追ったりはしないだろう。これまでの俺の人生のすべてだったと言える、彼女でも。

「なんで、そこまですんの、お前」

なのに季帆は、死ぬと言う。俺が死んだらすぐに、あとを追って。

心の底からわけがわからなくて、途方に暮れる。

だって。

「お前にここまでされるようなこと、なにもしてないだろ、俺」

季帆のためを思って俺がなにかしたことなんて、一度もない。

優しくしたことも、喜ばせようとしたことも。

俺にとって季帆はただわけがわからないストーカーで、煩《わずら》わしくて、ちょっと怖くて、だけど七海から樋渡を寝取ってやるなんて言うから、本気なら利用してやろうかと考えてしまったぐらいで。

季帆のことなんて、一度も、まともに見ようとしたこともないのに。

なのに。

「しましたよ。四月十四日の朝、私に声をかけてきました」

迷いなく返ってきたのは、前にも聞いた答えだった。何度聞いても、さっぱり意味がわからない答え。

「だから」

もどかしくて、俺は語気を強めて突っ返す。

「なんでそれだけで、ここまでするんだよ。ちょっと声かけただけじゃん。大丈夫かって」

それがうれしかったのだとしても、ここまで入れ込まれるような理由はない。ぜったいに。

俺と同じ高校に通うために転校して、毎日同じ電車に乗って俺を眺めて。俺の恋を叶えるために、好きでもない男に近づいて、恋人から奪おうとして。

挙げ句の果てには、俺を死なせないために、自分が死ぬのだと言う。

意味がわからない。

「だけ、じゃないですよ。だって」

俺の声が必死だったからか、季帆はちょっと困ったように笑う。あいかわらず場違いな、落ち着いた笑顔で。

「あの日、土屋くんが声をかけてきたせいで、私は今も生きてるんですから」

「……は？」

「私ね、あの日」

そこで軽く言葉を切った季帆が、ふっと目を伏せる。

一瞬だけ、迷うような間があった。だけど一瞬だった。またすぐに視線を上げた季

帆は、まっすぐに俺の目を見据え、

「死のうとしてたんです。四月十四日の朝」

そう、言った。

＊＊＊

電車がゆっくりと速度をゆるめ、止まった。ドアが開く。

俺は立ち上がると、開いたドアのほうへ歩いていこうとして、

「……あのー」

寸前まで迷ってから、口を開いた。

電車に乗ったときから気になっていた。

斜め向かいの席にひとりで座っている、セーラー服の女の子。窓際の席に座っているのに外を見るでもなく、スマホをいじるでもなく、ずっとうつむいたままで。

あのセーラー服は知っていた。うちの高校の近くにある、私立の女子校のものだ。

つまり、彼女の降りるべき駅もここのはず。

けれど彼女は、電車が止まっても動きだすことなく、顔を伏せたままじっと座っている。

寝ているのだろうか。確認しようとしたけれど、うつむいた彼女の顔は見えなくて。

「──降りなくていいんですか？」

迷った末に声をかけてみると、びくりと彼女の肩が跳ねた。

「……えっ？」

驚いたように顔を上げた彼女が、俺を見上げる。

その顔を見て、ぎょっとした。

肌が白を通り越して土気色《つちけいろ》だった。おまけに双眸《そうぼう》はどこかうつろで、目の下には濃い隈《くま》もできている。不健康であることがひと目でわかるぐらいのひどさだった。

「ちょ、大丈夫？」

「え」

「めっちゃ顔色悪いけど。いいや、とりあえず降りよう」

ひたすら呆けている彼女の腕を引き、椅子から立ち上がらせる。そうして閉まりかけたドアに身体をすべり込ませるようにして外に出た。

「座って」

まだ状況が呑み込めないような表情の彼女を、とりあえずホームのベンチに座らせる。彼女は言われるがままだった。あいかわらず目はうつろで、俺の声が聞こえているのかもあやしい。

「……ちょっと、ここで待っててください」

うっかり心配になってしまったのは、七海のことを思い出したからだった。

ほんの数日前に、七海も登校途中に具合を悪くして倒れていたから。あのときの七海もひどく顔色が悪かったけれど、「大丈夫」と言い張る彼女を信じていたら、けっきょく大丈夫ではなかった。

「はい」

俺はホームの自販機でペットボトルの水を買ってきて、彼女に差し出した。

「……え」

すると彼女はまた、呆けたような顔で俺を見つめる。大丈夫だろうかこの子。熱でもあって意識が朦朧《もうろう》としているんじゃないか。

「どうぞ」

フタを開けてやって、いくらか強引に彼女の手に渡す。

そうして俺も彼女の隣のベンチに座った。

彼女はしばし迷うようにペットボトルを見つめたあとで、ようやく口をつけた。こくりと喉を鳴らし、ほんの少しの水を飲む。

「大丈夫ですか？」

「え、あ……は、はい」

再度訊ねてみると、今度はちゃんと返事が返ってきた。消え入りそうな声で。

ちらっとうかがった横顔はあいかわらず土気色で、

「今日学校行くんですか？」

「え」

おせっかいなのは承知していたけれど、訊かずにはいられなかった。

彼女が通っているであろう女子校は、小高い丘の上にある。駅から三十分は歩かなければならないはずだ。この様子だと、たぶん途中で倒れそうで。七海みたいに。

「え、あ、え、えっと……」

俺の質問に、彼女はなぜかひどく狼狽《ろうばい》していた。

ペットボトルをぎゅっと握りしめ、顔を隠すようにうつむく。

「あ、いや。まあいいんだけど」

思わぬ反応に戸惑って、俺は早口に続ける。

「具合悪いなら、無理しないほうがいいんじゃないかなと思っただけです」

それでも彼女が行きたいと言うのなら、赤の他人の俺に止める権利なんてない。

ポケットからスマホを取り出し、時間を確認する。そろそろ始業時間が迫っていた。

立ち上がると、彼女は弾かれたように顔を上げた。

「あ、あのっ」

「ん？」

「お金を」

「お金？」

きょとんとして聞き返すと、彼女はあわてたように鞄を開き、財布を取り出していた。

「お水の、お金を……」

「え、いいですよ。いりません」

肩まであるまっすぐな黒髪とか、傷のないきれいな指定鞄を見るに、たぶんこの子は一年生なのだろう。だったら同い年だし、こんな体調不良で真っ青な顔をした女の子から、飲み物代なんて受け取りたくない。

「あげます、そんぐらい。……しかもそんなお釣り持ってないし」

彼女が財布から出していたのは、あろうことか一万円札だった。俺の財布には三千円ちょっとしか入っていない。

「い、いいえ、お釣りはいりません」

「いや、だめでしょ。水なんて一二〇円だし」

「お礼です、いろいろしてもらったから……」

さてはこの子、お金持ちか。たしかにあの女子校、お嬢様っぽい雰囲気の子が多かった気がする。

「いいですって。お礼にしては高すぎだし。たいしたことしてないのに」

「いいんです。私もう、お金いらないから……」

「は？」

「とにかく、もらってください」

さっきまでのか弱さはどこへやら、いやに強情に一万円札を押しつけようとしてくる彼女に、

「いいです、いいです。いらない。とにかく、無理しないようにしてください」

なんだか怖くなって、俺は早口にそれだけ告げてさっさと踵を返した。

あ、とか後ろで彼女がなにか言いたげな声を上げていたけれど、かまわず階段を上る。

改札を抜ける際、いちおう駅員さんに彼女のことを伝えておいた。ホームに具合の悪そうな子がいます、と。人の好《よ》さそうな駅員さんは、すぐに彼女のもとへ向かってくれていて、俺はひとまず安心する。あとは駅員さんが介抱《かいほう》してくれるだろう。

そのときは、人助けのようなことができたことにほくほくした気分になって、だけどそれも、始まったばかりの高校生活の慌ただしさに追われているうち、すぐに忘れた。

彼女の顔も、声も。
その後、あの子がどうなったかな、なんて考えることもなかった。
半年後に、彼女がふたたび俺の前に現れるまで、ただの一度も。

第五章　私が死ねなくなった日

「――クラスでいちばんだったのは、坂下さんです」

ふいに耳を打った自分の名前に、ぼうっと考え事をしていた意識が引き戻される。

顔を上げると、教壇に立つ先生が、まっすぐに私を見ていた。にこにこと笑う先生は、その笑顔と同じだけうれしそうな声で。

「なんと、百点！　学年でもひとりだけでした」

おお、と歓声が上がると同時に、みんなの視線までいっせいに私のほうを向く。すごーい、といちばん高い声を上げたのは、隣の席に座る一ノ瀬《いちのせ》さんだった。

長い髪をポニーテールにした、おしゃれで明るい女の子。隣の席だけれど今まで一度もしゃべったことのなかった彼女は、そのときはじめて、まっすぐに私のほうを見ていた。

「坂下さんて、頭良いんだ！　ね、こんど教えてね」

キラキラと輝く目で言われ、私はびっくりしながら小さく頷くので精一杯だった。

勉強は、嫌いじゃなかった。

勉強をすると、いいことがたくさんあったから。

お母さんが「がんばったね」と褒めてくれたし、ご褒美《ほうび》にお菓子やジュースをくれたりもした。なにより、そういうときのお母さんの笑顔は本当にうれしそうで、そんなお母さんの顔を見るのが好きだった。

そのあとで、「季帆はえらいのよ」と、お母さんが自慢げにお父さんに報告するのも。「そうか、えらいな」って、それを聞いたお父さんが頭を撫でてくれるのも。ぜんぶ、ちょっと照れくさいけれどうれしかった。

だからせめて、毎日一時間は家でも勉強することに決めていた。小学生の頃から、ごく自然に始まった習慣だった。なにも特別なことをしているつもりはなかった。うれしそうに笑うお母さんとお父さんが見たくて、ずっと続けていた。当たり前みたいに。

だけどどうやら、みんなにとってはそれが当たり前ではないらしいと気づいたのが、中学校に上がって最初に行われた定期テストのとき。

成績優秀者として、担任の先生がみんなの前で私を褒めた。学年でトップだったらしい。報告する先生も、本当にうれしそうだった。

先生が私の点数を発表すると、クラスメイトたちからは驚きと称賛の声が上がった。すごい、と口々に讃《たた》えられ、そこではじめて、私はみんなより少しだけ、勉強が得意なのだと知った。

それはとても、不思議な感覚だった。胸の奥がじんわりと温かくなって、視界に映る景色までどこか変わったような。

運動や人と話すことが苦手で、だから小学校ではずっと目立たない存在で、きっとこれからも、目立たず日陰《ひかげ》を生きていくのだろうと思っていた私の人生が。そこで、色を変えたような気がした。

大袈裟《おおげさ》だけど、本当に、そんな気がした。

「ね、ね、坂下さん」

休み時間、ふいに横から名前を呼ばれた。びっくりして振り向くと、隣の席の一ノ瀬さんがこちらを見ていた。

彼女にこうして話しかけられたのも、それがはじめてだった。思わずドキドキしながら、「な、なあに」と聞き返せば、

「あのねー、ここなんだけど」

ちょっと恥ずかしそうに笑った一ノ瀬さんは、おもむろに数学の問題集をこちらへ差し出してきた。

「坂下さん、この問題わかる？」

あたしさっぱりわかんなくて、と一ノ瀬さんが人懐っこい笑顔で首を傾げる。

私は差し出された問題集を受け取ると、一ノ瀬さんの指さした問題に目をやった。

たいして難しいものではなかった。少し考えれば糸口がつかめたので、「わかるよ」と頷いてシャーペンを手に取る。そうして余白に計算式を書き込んでいると、「えっ」と驚いたように一ノ瀬さんが手元を覗き込んできた。

「はやっ！　すごーい！」

心底感心した声が耳元で上がって、思わず顔が熱くなる。

うっかり計算間違いをしたりしないよう、ことさら気をつけて問題を解いていると、

「え、すごい、すごい。ほんとに頭良いんだね、坂下さん」

「そ、そんなことないよ」

「いや、すごいよ。なんでこんなにすらすら解けるの。ほんとすごい」

興奮気味に繰り返しながら、一ノ瀬さんはまじまじと私の手元を眺める。その声に、私はますます顔が熱くなるのを感じた。

頬が赤くなっているのがわかって、隠すように顔を伏せる。そうして机の上に視線を落としたまま、「はい、できたよ」と答えを書き込んだ問題集を一ノ瀬さんに返そうとしたら、

「わあ、ありがとう！」

弾んだ声が上がると同時に、ぱっと一ノ瀬さんが私の手を握った。

思わぬことに、びっくりして問題集を取り落としそうになる。かまわず一ノ瀬さん

は私の手をぎゅうっと握りしめながら。

「ああよかった。あたし、この問題当たりそうだったんだ。ほら、今日四日だし」

「あ……一ノ瀬さん、出席番号四番だっけ」

「うん、そうなの。だからやばい！と思って。焦ってたんだ。ほんとに助かったよ、ありがとう」

顔を上げると、まっすぐにこちらを見つめる一ノ瀬さんと目が合った。くしゃっとしたその笑顔は本当にうれしそうで、また胸の奥がじんわりと温かくなる。足下がふわふわして、なんだか身体まで少し軽くなったみたい。

「本当にありがとう」と噛みしめるように一ノ瀬さんが繰り返す。

咄嗟に言葉が出てこなくて、私は黙って首を横に振った。

その笑顔にも声にも、本当に実感がこもっていた。ここまで真剣に感謝されたのは、はじめてかもしれないと思うぐらい。すごい、とまっすぐに称賛してくれた一ノ瀬さんの声も。ずっと耳に残って、消えなかった。心臓がドキドキして、しばらく落ち着かなかった。

私にも、こんなふうに誰かを喜ばせることができるんだって、そのとき知った。

お母さんやお父さんだけじゃなくて。私が勉強をがんばることで、先生も、クラスメイトも喜んでくれる。ああ、それって。

なんて、すてきなことなんだろう。

その日から、一ノ瀬さんだけでなく、他のクラスメイトからも話しかけられることが増えた。おもに、「宿題を写させて」とか、「今日の授業で当てられそうな問題の答えを教えて」とか、そんなお願いが多かったけれど。

だけど私がそれに応えてあげれば、みんな本当にうれしそうな顔をした。あの日の一ノ瀬さんみたいに。ありがとう、と噛みしめるように何度も言ってくれた。

そのたび私も胸がぽかぽかして、満たされた気持ちになった。みんなに必要とされていると、そう思えることがうれしかった。こんなふうにみんなが私のもとへ寄ってきてくれることなんて、今までなかったから。

小学校の頃から、私は友達を作るのが下手くそで。時々優しい子が私もクラスの輪に入れようとしてくれたりもしたけれど、私はぜんぜん上手くやれなかった。そのうち、最初は仲良くしてくれていた子も、嫌気が差したように離れていった。

私は「空気が読めない」のだと、その子は言っていた。だから「いっしょにいると疲れる」のだと。

具体的になにが悪かったのかはよくわからない。わからないから、どうしようもなかった。クラスのみんなが観ていたバラエティ番組を観ていなくて、話題に入れなかったからだろうか。放課後にどこかに行こうと誘われても、寄り道せずにまっすぐ家に帰っていたから？

もしそうだったなら、どうせどうしようもなかったけれど。

だってそんなことをしていたら、勉強をする時間が減ってしまうから。テレビより寄り道より、私にとってはそちらのほうが大事だったから。ずっと。

「坂下さんて、ほんとにすごいね」

「いつもありがとう」

「よかった、坂下さんがいてくれて」

家で勉強する時間も、だんだん増えていった。もし明日誰かに訊ねられた問題がわからなかったら困るから。明日も、ありがとう、と笑う誰かの顔が見たかったから。

お母さんとお父さんも、そんな私を見て、ますますうれしそうにしていた。「最近がんばってるね」と何度も褒めてくれた。

学年でトップをとった定期テストの成績表を、誇らしげにおじいちゃんとおばあちゃんに見せている姿も見たことがある。もちろんおじいちゃんとおばあちゃんもそれを喜んでくれていて、私はまた胸がいっぱいになる。

私が勉強をがんばれば、こんなにも喜んでくれる人たちがいる。感謝してくれる人たちがいる。こんな私でも。誰かを助けたり、笑顔にしたりすることができるんだって。

だったらこれからも、これだけは続けていきたい。せめてこれだけは。

誰にも負けないように。いちばんでいられるように。私が唯一誇れるものを、ずっと、ずっと手放さないように。精一杯、がんばろうって。

そう、思っていた。あの頃は、ただそれだけ。

それだけを、思っていたのに。

季帆ちゃん、と。はじめて一ノ瀬さんにそう呼ばれたときのことは、今でも覚えている。

それぐらいうれしかった。心臓がドキドキして、喉の奥のほうがつんと甘くなった。

私のことを下の名前で呼んでくれる人なんて、小学校の頃の数少ない友達ぐらいしかいなくて、ほとんどのクラスメイトたちは私のことを「坂下さん」と呼んでいたから。耳慣れないその呼び方は、なんだかとても親しげで、温かい響きがした。

私が勉強を教えているのは一ノ瀬さんだけではなかったけれど、中でもやっぱり、席が隣の一ノ瀬さんがいちばん多くて。

「季帆ちゃん、いつもありがとね」

その日も一ノ瀬さんが授業で当てられそうな数学の問題をいっしょに解いてあげていたら、終わったあとでふいに一ノ瀬さんがそう言って、小さなチョコレートを差し出してきた。

「これお礼」

キラキラしたおしゃれな包みに入ったチョコレートはなんだか高級そうで、私はびっくりして顔の前で手を振る。

「い、いいよ、そんな！」

「だっていつも季帆ちゃんのおかげで本当に助かってるから。もらってよ」

「でもこれ、すごい高そうだし……」

まごつく私に、一ノ瀬さんはおかしそうに笑った。

「たいしたことないよ。でもね、すっごくおいしいの。あたしの家の近くにあるお菓子屋さんのやつなんだけどね、おすすめだから食べてみて」

言いながら、一ノ瀬さんはさっさと包みを剥《は》がすと、「はいっ」と出てきたトリュフチョコレートを私の口元まで運んできた。

彼女の思いがけない行動にびっくりして、「あーん」と言われるがまま開けてしまった私の口に、ころんとチョコレートが放り込まれる。

「ねっ、おいしいでしょ？」

「……う、うん、おいしい」

口に入れるなり、一ノ瀬さんに意気込んで訊ねられる。私があわてて口をもごもごさせながら頷けば、「よかった」と一ノ瀬さんが目を細めた。

「ちなみにそこのお菓子屋さんね、クレープも作ってるんだけど、これがまたすっごいおいしいの。ころころした生チョコがいっぱい入ってるんだよ」

「え、おいしそう……」

「でしょ！　ね、今度いっしょに食べにいこ？」

「え」

驚いて一ノ瀬さんの顔を見ると、一ノ瀬さんはにこにこと笑いながらまっすぐに私を見ていた。悪意なんて見えない、底抜けに明るい笑顔で。

「……わ、私と？」

「うん、季帆ちゃんと行きたい」

あっけらかんと返された言葉もどこまでもまっすぐで、顔が熱くなる。途端に心臓がドキドキと高鳴りはじめて、私は顔を伏せながら、またあわてて大きく頷いた。

――けっきょくその約束が、果たされることはなかったけれど。

「クラスでいちばんだったのは、桜井《さくらい》さんです」

次に行われた定期テストのとき。担任の先生は成績優秀者として、私ではない別の女の子の名前を告げた。

点数が発表されると、クラスメイトたちから口々に称賛の声が上がる。あの日と同じように。私ではなく、今度は桜井さんに向けて。

心臓がざわつくような、嫌な感覚がした。

「すごーい」と隣から聞き慣れた高い声が聞こえて、よりいっそうどきりとした。見ると、一ノ瀬さんがキラキラした目で後ろの席のほうを振り返っていた。桜井さんの席が、あるほうを。

その後に返ってきたテストの答案用紙を見て、さらに心臓をぎゅっとつかまれたみたいな感じがした。八十二点。さっき先生が告げた桜井さんの点数は、九十四点だった。

いっそ手を抜いた自覚でもあったならよかった。だけどそんなつもりは少しもなかった。これまでどおり精一杯がんばっていたし、むしろ勉強時間は以前より増やしていた。だったらそれ以上に、桜井さんががんばったということだろうけど。

次の休み時間。一ノ瀬さんが桜井さんの席のところへ行って、なにかしゃべっているのを見た。

一ノ瀬さんの楽しそうな笑顔に、また胸がざわざわと落ち着かなくなる。

これから一ノ瀬さんは、私ではなく桜井さんに勉強を教えてもらうのかもしれない。他のクラスメイトたちもみんな。

だって今は、私より桜井さんのほうが勉強ができるのだから。一ノ瀬さんもみんなも、別に私が好きで教わっていたわけではないだろうから。ただクラスでいちばん勉強ができる人に教わりたかっただけで、私がいちばんでなくなったのなら、きっと誰も、私に用なんてない。

そんな事実が、冷たく胸に染み入ってくる。昨日までと、教室の空気ごと変わってしまったような気がした。私を受け入れてくれていたはずの教室が、途端によそよそしいものに変わる。

思えば、みんなから話しかけられるのは、いつも「勉強を教えて」と頼まれるときばかりだった。それか、「宿題を写させて」。最近はこっちのほうが多かったかもしれない。私自身に用がある子なんていなかった。だから私と同じものを持っている子が他にいるなら、その子でいいのだ。

トップから落ちた成績表をお母さんに見せたときの反応は、いまだに忘れられない。笑顔だったお母さんの表情が一瞬で曇って、あからさまな落胆の色がにじむのを見た。

重たい鉛《なまり》がお腹の底に落ちたみたいだった。指先が冷たくなって、息がしにくくなった。なった。私はお母さんの期待を裏切ってしまったのだと、そう突きつけられた気がして。

お母さんは今回の成績表を、おじいちゃんたちに見せていないみたいだった。夕食の席でもテストの結果はまったく話題に上らなかった。前回のテストのときは、饒舌《じょうぜつ》にお父さんに報告していたし、しばらくはその話題で持ちきりだったのに。私が落ち込んでいると思って、気を遣ってくれたのかもしれないけれど。

とにかくお母さんは、私を自慢できなくなったのだ。誇らしいと思えなくなったのだ。そんな事実が重たく沈み込んで、苦しくなった。

前回のテストのときの、心底うれしそうなお母さんの笑顔を思い出す。同時に、私が数学の問題を解いてみせたときの、一ノ瀬さんの明るい笑顔も。

また見たかった。見られると思っていた。私がもっと、がんばっていれば。

途端、言いようのない焦りが胸を焼く。

いてもたってもいられなくなって、気づけば私はすがるように机へ向かっていた。

参考書を開く。勉強。――勉強を、しなくちゃ。

もともと、私は頭が良いわけではなかった。テストでトップをとれたのは、ただ単に、他のみんなよりたくさん時間を使って勉強していたからで。

だけど成績は、勉強をすればするだけ伸びるのもたしかだった。だからがんばりさえすれば、きっとまた挽回《ばんかい》できる。私はたぶん桜井さんより頭は良くないけれど、桜井さんの二倍でも三倍でも努力すれば、今度は桜井さんより良い成績をとることだってできるはず。

そう信じて、私は勉強時間をさらに増やすことにした。次の定期テストに向けて、綿密《めんみつ》な計画も立てた。もともと頭が良くないせいで、どの教科にも充分に時間を使おうとしたら、かなりぎちぎちのスケジュールになってしまった。

「ねえ季帆ちゃん、このまえ言ってたクレープだけど、明日は……」

「ごめん、明日はあさっての古文の勉強しなくちゃ」

テストが近づいてくれば、もう時間は一秒だって惜しかった。一ノ瀬さんから向けられた誘いを断ることにも、迷いなんてなかった。そんなもったいない時間の使い方をするなんて、考えられなくなっていた。

「また？　一日ぐらいいいじゃん」

「だめだよ。間に合わないもん」

「季帆ちゃん頭良いんだから、大丈夫だって」

「大丈夫じゃないよ」

一ノ瀬さんの脳天気《のうてんき》な言葉に、ちりっと苛立ちが湧く。なにも大丈夫じゃない。古文はまだテスト範囲の半分も覚え切れていない。社会や理科にいたっては手つかずだ。自分の物覚えの悪さが嫌になる。教科書のほんの数ページを覚えるのに、どうして半日もかかってしまうのだろう。

こんな調子では、また負けてしまう。

お母さんにもクラスメイトにも、失望されてしまう。

「なんでそんなにがんばるの？」

「え？」

ふいに不思議そうに訊ねられ、思わずきょとんとして顔を上げた。一ノ瀬さんは純粋にわけがわからないという顔で、軽く首を傾げながら。

「季帆ちゃんだけだよ。テストのこんな前からそんな必死になってるの」

「……だって、がんばらないと」

「そんな、勉強ばっかりやってたってつまんないじゃん」

「なんで？　遊ぶより、ずっと大事なことだよ？」

一ノ瀬さんの言葉の意味は、よくわからなかった。つまらない。つまらないって、なにがだろう。勉強をがんばれば、いいことがたくさんあった。家族も先生もクラスメイトも喜んでくれた。すごいと讃えてくれたし、感謝もしてもらえた。――友達だって、できた。

がんばらないと、せっかく手に入れたそれらをなくしてしまう。私の唯一誇れるものなのに。

私には、それしか、ないのに。

「季帆ちゃんさ、いつになったらクレープ行けるの」

何度目かの一ノ瀬さんの誘いを断ったときだった。ふいに一ノ瀬さんから鋭い口調でそんなことを訊かれた。

一ノ瀬さんのほうを見ると、ぎゅっと眉を寄せた彼女と目が合う。その目にはあきらかに怒りの色があって、私は思わずたじろいでしまう。

「……わかんない。次のテストが終わったら」

「次のテストって、まだ一ヶ月以上先じゃん」

答えかけた私の言葉をさえぎり、一ノ瀬さんがうんざりした声を上げる。「もういいよ」と放り出すように彼女は続けた。

「季帆ちゃん、ほんとはあたしとクレープ食べにいく気なんてないんでしょ」

「そんなこと」

「いいよ、もう。そんなに勉強が好きなら、もう誘わないから。勉強だけしてれば」

あきれた声で吐き捨てて、一ノ瀬さんはくるりと踵を返す。そうして見限るように、足早に私のもとから立ち去った。彼女の長い髪が揺れる後ろ姿を、呆然と眺めていたら、一ノ瀬さんは桜井さんのもとへ歩いていった。

美紀《みき》ちゃん、と呼ぶ一ノ瀬さんの声が耳に届いて、一瞬息が止まった。

美紀ちゃんというのは、桜井さんの名前だった。

テレビを観る時間も、寝る時間すらも削ってがんばった次のテストでは、またトップを取ることができた。

結果を報告すると、お母さんはうれしそうに笑ってくれた。「がんばってたもんね」と褒めてくれた。だけどそんなお母さんの笑顔を見ながら込み上げたのは、あの日みたいな胸がきゅうっとするうれしさではなくて。全身の力が抜けるような、安堵だった。ただ、それだけだった。

先生がみんなの前で私の成績を発表したら、またクラスメイトたちは称賛の声を上げてくれた。だけど最初のときより、その声は少し小さくなっている、気がした。

やっぱりね、とほんの少しからかうように笑う声も聞こえた。

そして隣から、一ノ瀬さんの高い声は聞こえなかった。

「ねー、美紀ちゃん、今日プリクラ撮りにいこー」

「うん、行く行くー」

「あ、いいなー。あたしもいっしょに行っていい？」

「もちろん。あ、じゃあさっちゃんも誘ってみんなで行くー？」

楽しげな声を上げながら、一ノ瀬さんたちが連れだって教室を出ていく。私はその声を背中で聞きながら、鞄に教科書やノートを詰めていた。放課後は、家に帰る前に図書室へ寄って勉強するのが日課だった。

出ていく間際に一度、彼女たちが私のほうをちらっと振り返ったのがわかった。そうしてどこかバカにするように笑ったのも。

ガリ勉。

廊下を遠ざかる彼女たちの声の中に、そんな単語が混じるのを、かすかに聞いた。

『季帆ちゃんだけだよ』

いつかの一ノ瀬さんの言葉が頭に響く。

『そんな必死になってるの』

そうなのかもしれない、と、下がった成績に落ち込むでもなく、友達と楽しそうに笑う桜井さんを見ながら思う。

だけど、それのなにが悪いのだろう。

最初に見たお母さんのうれしそうな笑顔を、一ノ瀬さんのキラキラと輝く目を思い出す。足下が抜け落ちそうな不安も後悔も、必死に振り払うように。なにも間違っていない、と繰り返し言い聞かせる。むしろ間違っているのはみんなのほうだと。

プリクラを撮りにいくとかクレープを食べにいくとか、そんなこと、なんの役にも立たない。その場で楽しくて、それで終わり。私はそんな今の楽しさじゃなくて、ずっと先のことを見据えてがんばっているのだから。そうだ、たとえば高校受験とか。

その頃に、川奈高校を受けることを決めた。県内でも屈指の、名門進学校を。

私がここに受かれば、きっとみんなも認めざるを得ないだろうから。ガリ勉とバカにしていた私の成功を。誰もが羨《うらや》む名門校の制服を着て、見せつけてやろうと、そんなことを思って。

いつの間にか、私の勉強する理由なんて、それだけになっていた。

褒められたいとか感謝されたいとか、お母さんたちの自慢の娘になりたいとか。最初に抱いていたはずのそんな思いはいつの間にか色褪《いろあ》せて、残っていたのは、みんなを見返してやりたいとか、私が間違っていなかったことを突きつけてやりたいとか、そんな薄汚い願望ばかりで。

誰よりも高い偏差値の高校の制服を着て、みんなに私の〝勝ち〟を見せつけること。

そんな光景だけを思い描いて、がんばっていたから。

だから、あの日。

どんなに探しても見つからなかった、私の受験番号といっしょに。

私のたったひとつ誇れるものも、心の拠《よ》り所《どころ》も、これから先の夢も希望も、もうぜんぶ。

ぜんぶ、見失ってしまった。

＊＊＊

「あの日、本当はあの駅で降りる気なんてなかったんですよ、私」

――あの日。

季帆の言葉に、急速に記憶がたぐり寄せられる。

おぼろげだった景色に、色がつく。

「本当は、高校の最寄り駅なんて通り過ぎて、どこか遠くの駅へ行って、そこで電車に飛び込もうと思ってました。知り合いのいない、どこか遠くの街で」

ひとり、うつむいて窓際の席に座っていた季帆。

電車が止まっても、動きだす気配もなく。

「なのに土屋くんが声をかけてきて。びっくりしました、本当に。動揺したし、怖かった。もしかしてこの人、知ってるんじゃないかと思ったから。私が今からしようとしていること。ぜんぶ、見透かされてるんじゃないかって」

俺の声に反応して、こちらを見上げた季帆。

真っ青だったその顔がひどく強張っていたことに、今更気づいた。見開かれた目が、怯《おび》えたように俺を見つめていたことに。

「だから咄嗟に、なにも答えられなくて。引っ張られるまま降ろされちゃいました。まさかこんなことになると思わなかったから、私、どうすればいいのかわからなくなって」

思い出すように目を細めた季帆は、ちょっとだけ困ったように笑う。

まったく今の状況に釣り合わない、穏やかな笑顔で。

「なぜか土屋くんはいろいろお世話してくれるし、しかも立ち去るときに駅員さんまで呼んでくれちゃうし。おかげで私、あのあとも逃げられなくなっちゃったんです。駅員さんもお人好しですごく心配してくれるし、救急車なんて呼ぼうとするから、あわてて止めて」

たしかに親切だった、あの日の駅員さんの顔が頭に浮かぶ。

「家族に連絡とか学校に連絡とか、いろいろおせっかいなことしてくれようとするから、それもぜんぶ必死に止めて。もう大丈夫です、学校に行きます、って。そう言うはめになっちゃって」

「……学校行ったのか」

「行きましたよ。土屋くんと、あの駅員さんのせいで」

そう言った季帆の声には、ほんの少し、恨めしげな色がにじんでいた。だけど目を細めた表情は、変わらず穏やかで。

「そのあとは、今までどおりの憂鬱《ゆううつ》な日常でした。当たり前ですけど、死ねなかっただけで状況はなんにも変わってないから。私は変わらず、勉強だけ必死にやってきたくせに肝心《かんじん》の高校受験には失敗した、バカみたいなガリ勉女だし。行きたくもなかった女子校の制服を毎朝着るたび、そんなバカさ加減を突きつけられてる気がしてたまらなくなるし、あいかわらず雨の日の偏頭痛はひどいし、生理痛も重いし」

――ガリ勉。

コンビニで聞いた女子の声が、ふいに頭の奥で響いた。

季帆が志望校に落ちたことを、かわいそ、と嘲るように笑う声。

――あんな、必死だったのにさ。

「だから私、また死のうと思ったんです。何度か。あの日邪魔された自殺を、やり直そうって。だけど」

平坦だった口調が、そこで少し乱れる。

「そうしたら」

同時に、ゆるく笑みの形を保っていた彼女の口元も、少しだけ歪んだ。

「——土屋くんの顔がね、浮かぶんです」

泣きだす寸前の、子どもみたいな声だった。

「浮かぶようになっちゃったんです。あの日見た土屋くんの顔とか、声とか。思い出しちゃって、そしたら胸がぎゅーって苦しくなって。……また、会いたいなって。そんなこと思うようになっちゃって。そうしたらね、死ねなくなっちゃいました。土屋くんのせいで」

だから、と季帆は不格好な笑顔のまま続ける。

「こうなったら仕返ししてやろうって、そう決めたんです。土屋くんにつきまとって、もし土屋くんが死にたくなるようなことがあれば、今度は私がなにがなんでも邪魔してやろうって。どこまででも追いかけて、ぜったいぜったい死なせない。生きつづけたいって、土屋くんにそう思わせるまで」

——これは、仕返しなんです。

七海から樋渡を寝取ることを、季帆はそう言った。そうして七海を、俺のもとへ返すことを。

だって、そうしたら。

──土屋くん、明日も生きたいと思えるでしょう?

「だから」

俺に向けられた季帆の言葉の中に、嘘なんてひとつもなかった。ずっと。

死ぬなんて死んでも止めると、そう言って彼女が俺の前に立ちふさがってきたときから。

ぜんぶ、季帆の言葉は真実で。

「死んでも、止めます。土屋くんが死ぬなんて」

だから本当に、彼女はそうするのだろう。いつものように、なんの迷いもためらいもなく。

俺のために、ここから飛び降りるのだろう。

ふいに、背中を強い震えを感じた。

「……や、死なないし」

俺は力なく顔を伏せ、ただ、彼女の腕をつかむ手に力を込める。

「死なないから、ぜったい」

そもそも、俺の言う「死にたい」なんて、「つらい」とか「しんどい」とかの同義語のようなもので。本気で死にたいと思ったことなんて、たぶん一度もない。

——こいつみたいに。

本気で、死のう、なんて。

後ろから吹きつけた潮風が、彼女の髪を揺らした。

その光景に指先から熱が引いて、たまらず彼女の腕を握りしめる。

どれだけ強くつかんでいてもその細い腕は心許《こころもと》なくて、気づけば、込められる限りの力を込めていたらしい。いた、と季帆がちょっと顔をしかめて声を上げる。

「痛いですよ、土屋くん」

「お前がそんなとこにいるからだろ」

突っ返した俺の声は、少し掠れていた。取り乱したみたいに、情けなく。

「つーかお前、いつまでそこいんの。もういいから早く戻れよ」

「本当に、飛び降りません?」

「飛び降りるかよ。最初から死ぬ気もないし」

言っても、季帆はまだ疑わしげに俺の顔を見つめていた。

だから睨むようにその目を見つめ返してやれば、しばらくして、彼女はようやく納得したようだった。

両手で柵をつかむと、ぐっと上体を持ち上げる。

片足をかけたところで俺が手を差し出せば、季帆は素直にその手をとった。もう片方の足も柵に載せ、季帆の身体が完全に地面から離れた、一瞬だった。

ふいに、強い風が吹いた。

「わっ」

大きくなびいたスカートを、季帆が反射的に押さえようとした。そのせいでバランスが崩れた。季帆の身体が、ぐらりと後ろへ傾く。

ぎょっとして、俺はあわててつかんでいた腕を引っ張った。

思い切りこちらへ引き寄せれば、その勢いのまま、季帆が俺のほうに倒れ込んでくる。支えきれず、気づけば俺も地面にしりもちをついていた。

「びっ、くりした……」

くぐもった声が、すぐ近くから聞こえた。

目を落とすと、顎の下辺りに季帆の頭があった。

俺の上に倒れ込んでいた季帆が、ゆっくりと顔を上げる。至近距離で目が合う。

途端、季帆はぎょっとしたように目を見開くと、

「わっ！　土屋くん、だいじょ――」

いそいで上体を起こそうとした彼女の腕を、俺は引いた。

離れかけたその頭を、ふたたび俺の胸へ引き寄せる。そうしてそのまま、力加減もせず思い切り抱きしめた。——そこまで、完全に衝動的だった。

我に返ったのは、

「……っ、土屋くん？」

と、腕の中から心底戸惑ったような季帆の声が聞こえたときで。

俺の胸に顔を押しつけられているせいで、少し苦しげなその声にぎょっとする。言い訳のしようもないほどしっかりと抱きしめた身体は、見た目よりずっと細くて頼りなかった。これ以上力を込めたら、あっけなく折れてしまいそうなぐらいに。

途端に跳ね上がった鼓動《こどう》に、俺はあわてて目の前にある彼女の肩をつかむ。とんでもないことをしてしまった自覚は、時間差で追いついてきて、

「ご、ごめん」

上擦った声で謝りながら、その身体を俺から離した。そこで顔を赤くした季帆と目が合って、また心臓が跳ねる。

どこかぼうっとした表情で俺を見つめた季帆は、一拍のあと、我に返ったようにうつむいた。

「い、いえ……」

消え入りそうな声で呟きながら、乱れた前髪を落ち着きのない仕草で撫でつける。

指先が震えているせいで、よけいに乱れてしまっていたけれど。

　その反応にますますぎょっとして、「ほんとごめん」ともう一度繰り返そうとしたとき、

「あの」

　ふいに季帆が手を伸ばして、俺の制服の裾をつかんだ。動転してとにかく彼女から距離をとろうとした俺を、引き止めるように軽く引っ張る。

「ハンバーグが」

「……は？」

　出てきた単語はあまりに脈絡《みゃくらく》がなくて、思わず間の抜けた声が漏れた。

「ハンバーグがね」

　そんな俺の反応にはかまわず、季帆は続ける。うつむいたまま、しんみりと思い返すような声で。

「おいしかったんです」

「ハンバーグ？」

「土屋くんといっしょに行ったファミレスで、食べたハンバーグ」

「……ああ」

　そういや食べてたな。

鉄板の上で焼ける音がおいしそうで、俺もそっちにすればよかったとちょっと後悔したのを覚えている。

「今まで食べた中で、いちばんおいしかったんです。びっくりするぐらい。別に、あのときはじめて食べたわけじゃないんですけど。でもあのときのハンバーグは、今まで食べてきたどのハンバーグとも違って」

言われて、あの日の季帆の姿を思い浮かべようとした。けれど、いまいち上手くいかなかった。たぶんあのときの俺は、季帆が告げた七海たちの旅行の件で頭がいっぱいで。自分がなにを食べていたのかすら、記憶は曖昧だった。

なのに。

「たぶん、それは、土屋くんといっしょだったから」

噛みしめるように、季帆はそんなことを言う。大事な思い出を抱えるみたいに。

「クリームパンもね、いつも食べてるんですけど、あの日、土屋くんといっしょに中庭で食べたときがいちばんおいしかったんです。不思議だなあと思って。同じはずなのに、ぜんぜん違うから。土屋くんといっしょに食べると、なんでもおいしくなるんだなあって」

そこで軽く言葉を切った季帆は、一度短く息を吸って。

「……だから、また私と」

ちょっと緊張したような声で、あらためて口を開いた。

「いっしょに、ご飯を食べてくれませんか、土屋くん。私のご飯がおいしくなる分の代金として、土屋くんのご飯、私が奢ってもいいから」

ゆっくりと顔を上げた季帆が、俺を見た。少しだけ恥ずかしそうに崩した表情で、だけどその目は、どこまでも真剣で。

思えば、彼女はいつも、そうだった。

──だめです！

俺のこれまでの人生で、たぶんいちばん最悪だった日。突然、彼女が俺の前に現れた、あのときから。

いつも、怖いほどまっすぐに俺の目を見て、バカみたいに俺のことしか考えてなくて、ぶっ飛んだことばかり言って。

だけどその必死さに、気づけばすがっていた。

彼女だけはきっと俺を裏切らないと、ずっと俺の傍にいると、それだけは奇妙な確信があることに。たぶん、心のどこかで、救われていた。今だって。

だから。

「……いらない」

「え？」

「奢りとかいらない。割り勘にしようってつったじゃん。友達なんだから」

「友達」と反芻するように繰り返す季帆に、「割り勘ならいいよ」と俺はつっけんどんに重ねる。

「毎日でも。いっしょに食べよう、これから」

「毎日」

「どうせなら、毎日おいしいほうがいいだろ」

照れくささに耐えかねて、彼女の目から視線を外す。それでも、じっと俺を見つめていた季帆の顔がふわりとほころぶのは、視界の端に見えた。

「……はい！」

その子どもみたいに弾んだ返事に、なんだかまた息が詰まる。目を伏せると、瞼《まぶた》の裏が熱く痛んだ。

「あのさ」

「はい」

季帆が俺の制服から手を離す。そうしておもむろに立ち上がった彼女に、気づけば声を投げていた。

「明日、七海と話すよ」

地面に座り込んでいたせいで汚れたスカートの裾を軽く払ってから、季帆はこちらを見た。

　そんな彼女の背後で、夕陽が海に沈みかけていた。浮かぶ薄い雲が、赤く染まって輝いている。街中で見るより、ずっと濃い夕暮れの色だった。

「ちゃんと謝って、俺の気持ちも、ちゃんと伝える」

　逆光のせいで、季帆の表情はよく見えない。だけど、「はい」と応えた彼女の声は、ひどく穏やかだった。

「土屋くんの思うようにやってください」

「うん」

　いつかも聞いた台詞に頷いて、海のほうへ視線を飛ばす。一面、橙色《だいだい》に染まった景色のまぶしさに、ふたたび目の奥が沁《し》みた。

　ゆっくりと息を吐く。それからふと思い立って、「なあ」と季帆へ声をかけた。

「はい？」

「海、行こう」

「海？」

「うん。砂浜のほうまで行こう」

　浜辺まで下りてきたときには、日は落ちきって空の向こうから夜が訪れようとしていた。

駅や展望台よりずっと濃く、潮の匂いが風に混じっている。

砂が靴の中に入らないよう気をつけながら、俺たちは波打ち際まで歩いていった。

見下ろしていたときは気づかなかったけれど、砂浜には意外と細かなゴミが落ちていて、けっこう汚かった。

靴が濡れないよう、波が打ち寄せてくるぎりぎり手前で足を止める。

隣の季帆も、当然そこで立ち止まるかと思ったら、

「……え？　ちょ」

思いがけず、さらに足を前へ踏み出したものだから、ぎょっとした。

「季帆？」

濡れた砂でスニーカーが汚れるのもかまわず、彼女はまっすぐに海へ進む。その迷いのない足取りに、心臓が硬い音を立てる。同時にぞっとするような冷たさが突き上げてきて、俺は思わず手を伸ばした。

「季帆！」

夢中で腕をつかんで引っ張ったら、力加減ができなくて思いのほか乱暴になった。

「わっ」

急に後ろへ引かれたせいで、季帆の足がもつれる。拍子にぐらりとよろけた身体は、

そのまま俺のほうへ倒れ込んできた。

あわてて支えようとしたけれど、間に合わなかった。重みに引っ張られるまま、俺までバランスを崩してよろける。

「……なにしてるんですか？」

気づけば、季帆とふたり砂浜にしりもちをついていた。

濡れた制服から、じわりとした冷たさが染み入ってくる。怪訝《けげん》な顔でこちらを見つめる季帆の腕から、俺はまだ手を離せないまま、言った。

「お前が、海に入っていこうとするから」

「別に入っていこうとはしてません。ただもうちょっと、近づこうとしただけで」

「まぎらわしいことすんなよ！」

「ええ……？」

困惑した顔で首を捻る季帆の腕を引いて、立ち上がらせる。もう完全に手遅れだったけれど。水を吸った季帆のスカートの裾から、ぽたりと滴《しずく》が落ちた。

「濡れちゃった」それを見下ろしながら、季帆がぽつんと呟く。

「困ったなあ、着替えなんてないのに」

内容とは裏腹に、至極のんびりとした口調だった。

「しかも私、制服一着しか持ってないんですよ。明日も学校なのに」

「……ごめん」

さすがにばつが悪くなって謝っていると、急に季帆が歩きだした。スニーカーを水に浸しながら、波打ち際を進む。

「ちょ」

それにまたぎょっとして、いそいで追いかけようとしたら、数歩進んだところで季帆がこちらを振り向いた。悪戯《いたずら》っぽい、子どもみたいな笑顔と目が合う。

そうしてふいに身を屈めたかと思うと、

「──えいっ」

おもむろに足下の水をすくって、いきなり俺にかけてきた。

「うわ！」

浅瀬《あさせ》なのでたいした量ではなかったけれど、ズボンを濡らした水の冷たさはしっかり伝わってきて、

「なにしてんだよバカ」

あきれて声を上げると、季帆は声を立てて笑った。ひどく幼い、無邪気な笑い方で。

「仕返しです。土屋くんも濡らしてやろうと思って」

「もう充分濡れてんだよ、俺も」

「なんかこういうの、憧れだったんです。ドラマみたいで」

心底楽しそうに言いながら、季帆はまた身を屈めて水をすくおうとする。

そりゃ、夏の日差しの下でならドラマみたいかもしれないけど。日の落ちた秋の海なんて、水も風もひたすら冷たいだけで。

「いややめろって。帰りどうすんの。ずぶ濡れで電車乗る気かよ」

そう言うと、帰り、と季帆はぼんやりした声で繰り返した。

「なんか、面倒くさくなってきましたね」

「なにが」

「帰るの」

ふと俺の顔を見上げた季帆が、妙に吹っ切れたようなすがすがしい笑顔で、そんなことを言いだす。

「は？」

「帰るの、やめましょうか。今日」

その声が本当に楽しそうで、俺は黙って季帆の顔を見つめた。濡れた身体に吹きつける風が、どんどん体温を奪っていく。はずなのに、不思議なほど寒くなかった。身体に貼りつく制服の冷たさも、なにも感じなかった。ただ腹の奥のほうがじんわり温かくて、その熱が喉元まで込み上げてきて。

「……そうだな」

それがくすぐったくて、俺も笑っていた。季帆と同じような、ひどく子どもっぽい自分の声が、耳に響いた。

「面倒くさいな、帰るの」

「でしょ。ここに泊まりましょうよ」

お互いなんだか変なテンションになっていた。季帆が笑いながら重ねた言葉に、

「いいな」と俺も軽く乗っかりかけたところで、ふと我に返る。

いや、泊まるって。

「だめだろ」

「なんでですか」

「なんでって」

「見てください。あれ、ホテルみたいですよ」

そう言って季帆が指さした建物を見て、ぎょっとする。山のふもとにぽつんと建っている、お城みたいな建物。悪趣味な派手派手しさは、のどかな海辺の景色の中でそこだけぽっかりと浮いている。

「いやラブホじゃん」

「いいじゃないですか」

さらっと返された言葉にますますぎょっとして、「よくねぇよ」と突っ返す声が大

きくなった。

「なんでですか」

「なんでってお前」

うろたえる俺の顔を、季帆が下から覗き込むように見つめてくる。その目におもしろがるような色が浮かんでいることに、気づいたときには遅かった。

ぶっ、とふいに噴き出した季帆が、肩を揺らしはじめる。

「冗談ですよ」

「……あ？」

「だって私たち、お金ないじゃないですか。それでカフェもあきらめたのに」

笑いの混じる声であっさりと言って、踵を返す。俺は一瞬あっけにとられて、その背中をぼうっと眺めてしまった。

からかわれた、と気づいたら恥ずかしさといっしょに悔しさが込み上げて、だけどその声があまりに楽しそうだったから、言いかけた文句も呑み込んでしまった。子どもみたいに、無防備な笑い声だった。

海岸沿いの道路を、時折車が走り抜けていく。そのたび、暗い海が一瞬だけ明るく照らされた。

それを追うように、ふっと道路のほうへ視線を飛ばした季帆が、

「でも、カフェに行けなかったのは残念だったなあ」

のんびりした足取りで波打ち際を歩きながら、思い出したように呟いた。

「せっかく柚島まで来たのに。いちばんの目玉に行けなかったなんて」

めずらしくくだけたその口調には、本当に残念そうな色がにじんでいて。

「……また、来ればいいじゃん」

「え？」

呟いた声に、季帆がこちらを振り向く。

「柚島」と俺は言った。

「また来よう。今度はちゃんとお金も持って、季帆の行きたかったカフェにも行けるように」

驚いたように、季帆は黙って俺の顔を見つめた。

何度かまばたきをして、それからようやく思い出したように、顔をほころばせる。

はい、と噛みしめるように大きく頷く。

その無邪気な笑顔になぜだか一瞬泣きたくなって、俺は暗い海のほうへ視線を飛ばした。風はあいかわらず、冷たくなかった。

第六章　きみと、明日

翌朝、俺はいつもより三十分早く家を出て、七海の家の前で彼女を待った。

しばらくして、玄関のドアが開く。中から出てきた七海は、俺を見つけると驚いたように目を丸くした。

「かんちゃん」

小さく呟いて、今度は気まずそうに視線を落とす。

そうしてためらうように、その場に立ち止まってしまった彼女に、「おはよ」と俺は声をかけた。

「お、おはよう」

「いっしょに学校行ってもいい？」

「うん。……もちろん」

街路樹の揺れる細い道を、七海と並んで歩きだす。

小学校の頃から何度彼女といっしょに歩いたかわからない、通学路。

「なんか、久しぶりだね」

ぽつんと呟かれた声に振り向くと、なつかしそうに目を細めた七海がいた。

「この道、かんちゃんといっしょに歩くの」

「そうだっけ」

「そうだよ。高校生になってからは、いっしょに学校行くときも、駅で会う感じだったでしょ」

「そういえば、そっか」

七海の歩幅は俺よりだいぶ小さいから、気をつけないと、すぐに置いていきそうになる。昔からずっと。

この道を歩くときは、七海の速さに合わせて歩いた。

「小学校の頃は、毎日いっしょに行ってたのにね」

「そういや、そうだったな」

「かんちゃん、あの頃は家まで迎えにきてくれてたよね。今日みたいに」

「あの頃は、お前がちゃんと無事に学校までたどり着けるか心配だったから」

あはは、と七海がおかしそうに声を上げて笑う。けれどその声はすぐに途切れ、また沈黙が降りてきた。言葉を探すような沈黙だった。

気まずい空気が流れて、そのことに一瞬、ひどく悲しい気持ちにおそわれた。

七海との沈黙が気まずいなんて、今まで、思ったことはなかったから。

七海と話すのに、こんなに言葉を探すことも。

「かんちゃん」

重たい沈黙が破れたのは、交差点にかかる横断歩道の前で足を止めたとき。

ふいに、七海が小さく呼んだ。途方に暮れた、子どもみたいな声で。

「昨日はごめんね」

俺は七海のほうを振り向いた。隣で立ち止まる彼女は、じっとうつむいて自分の足下を睨んでいる。彼女の右手が、肩にかけた鞄の紐《ひも》をぎゅっと握りしめているのを見ながら、俺はゆっくりと息を吐いた。

「……いや、俺もごめん」

「ううん、先に言いだしたのはわたしで」

「昨日のことだけじゃなくて」

「え」

「今まで、ずっと、ごめん」

顔を上げた七海が、戸惑った目で俺を見た。

なにが、と彼女が聞き返そうとしたのがわかった。けれどちょうどそのとき信号が青に変わって、彼女の声は途切れた。

とりあえず人の流れに乗って歩きだし、横断歩道を渡り終えたところで、

「柚島のこと」

俺はあらためて口を開いた。

「ごめん。俺がおばさんにバラした。七海が嘘ついて、樋渡と柚島に行こうとしてるって」

「……うん。わたしには無理だと思ったからでしょ。わたしのこと、心配してくれて」

「違う」

こちらを見た七海と目が合って、次の言葉を口にするのを一瞬ためらった。

「俺は、ただ」

ぎしりと身体の奥が軋む。それでも吐き出すように、告げた。

「七海が俺から離れていくのが、嫌だっただけで」

ちりん、と後ろでベルが鳴った。振り返ると、狭い歩道を自転車がこちらに向かっていた。俺は七海の腕をつかんで、軽く引き寄せる。ほとんど癖みたいに染みついた行動だった。七海はよく後ろから来る人や車に気づかないから、何度もこんなふうにして俺が教えた。

俺のほうを見た七海は、こんなときでも律儀《りちぎ》に「ありがとう」と言う。それにまた胸が軋んで、思わず彼女の腕をつかむ手に力を込めた。

すっと短く息を吸う。

声は、思いのほかするりと喉を通った。

「俺さ、七海が好きだった」

俺の顔を見つめる七海の目が、わずかに見開かれる。

「ずっと。たぶん、保育園の頃から」

その目をまっすぐに見つめ返しながら、俺は重ねた。

「だからずっと、俺が七海を助けたかった。助けさせてほしかった。そのために、七海には変わらないでほしかった。ずっと、なにもできない、かわいそうなやつのままで。俺に七海を、守らせてほしかったんだよ。これからもずっと。ぜんぶ、そんな、俺のわがままで」

絞り出すような俺の言葉を、七海はただ黙って聞いていた。俺の目から視線を外すことなく。

「だから」

続けた声が、かすかに掠れる。

「ごめん。七海の言うように、俺はお前を応援なんてしたくなかった。七海がなにをしたいのかとか、どうなりたいのかなんてどうでもよくて、ただ、俺のためにずっと昔のままでいてほしかった。俺を頼ってくれる、弱い七海のままで」

それだけだった、ずっと。

――ずっと。

ごめん、と繰り返して七海の腕を放す。

七海はふっと視線を落とすと、俺の手が離れた自分の腕をぼんやりと眺めた。まるで、そこにまだ俺の手があるみたいに。

そのまま彼女はしばらく黙っていた。伏せられた目の奥にどんな色が浮かんでいるのかは、わからなかった。ただ、

「……かんちゃんは」

静かに口を開いた彼女の口元に、小さく笑みが浮かんでいるのは見えた。穏やかな、だけどどこか泣きそうな。

「お絵かき、本当は好きじゃなかったんだよね」

「……は、お絵かき？」

「本当は、外で遊ぶほうが好きだったんでしょ。鬼ごっことかサッカーとか。だけど我慢して、わたしといっしょにお絵かきしてくれてたの。わたしがひとりで寂しくないように」

呟くように、七海が続ける。俺へ向けてというより、なにかを確認するみたいに。

「……知ってたよ、わたし」

言われて、俺も思い出した。七海とふたり、他に誰もいない教室で絵を描いていた、あの頃。〝かわいそう〟な七海のために。

——七海の、ために。

「……違う」

口を開くと、重たい自嘲《じちょう》の笑みもいっしょにこぼれた。

「それだって、七海のためじゃなかった。ただ俺が、七海といっしょにいたかっただけで」

保育園で、いつも俺の後ろをついてきていた七海の姿を思い出す。振り返ったとき、ふわりと顔をほころばせて俺を見つめた、幼い笑顔を。

あの笑顔が好きだった。まっすぐに俺を求めてくれる、あの小さな手が。かわいくて、愛おしかった。

俺にもこんなふうに誰かを喜ばせることができるんだって、俺はそのとき、はじめて知ったから。俺もこんなふうに、誰かに必要とされているんだって。

七海が、教えてくれた。

「うん、それでも」

否定しかけた俺の言葉を、あいかわらず穏やかに七海がさえぎる。

「わたし、知ってたよ。かんちゃんがいつも、わたしのこと心配してくれてたのも、大事に思ってくれてたのも。うれしかったよ。かんちゃんがわたしにしてくれたこと、ぜんぶ」

だから、と顔を上げた七海が、まっすぐに俺を見た。くしゃりと歪んだ、不格好な笑顔で。

「いつの間にかそれに甘えてた、わたし。かんちゃんといっしょだと、弱いままでいられたから。なんにもできないだめなわたしでも、許してもらえたから。だからこのままだと、わたし、かんちゃんに依存しちゃいそうで。かんちゃんがいないと、なんにもできなくなりそうで」

吐き出すように震えた語尾に、心臓をぎゅうっと握りしめられる。

それで、よかったのだ。

俺は、そうなればいいと思っていた。

「だけどそんなの、嫌だったの」

はっきりと紡《つむ》がれた言葉に、目を瞑《つむ》る。ずっと見て見ぬ振りをしてきた、七海の気持ちに。

「わたしも強くなりたかった。かんちゃんに手を引いてもらうばっかりじゃなくて、並んで歩きたかった。でもわたし、こんなんだから。身体もポンコツだし頭も悪いし、かんちゃんと並ぶなんてそんなの、わたしには無理なんじゃないかって」

こんなん。ふいに七海の口にした自虐的な言葉が、今更胸に刺さる。

彼女にそう言わせたのは、俺のような気がして。

「でもね」

そこでふと目を伏せた七海は、ちょっとはにかむようにして語を継いだ。

「チョークをね」

「……チョーク？」

「うん。授業で、黒板に書くときに使うチョーク。あれ、短くなると書きづらいでしょ」

唐突に変わった話題に、はあ、と困惑した相槌を打つ俺にかまわず、七海は続ける。

「だから短くなってるのに気づいたら、わたしが新しいチョークを補充するようにしてたの。授業の前とか、掃除のときとか。そうしたらね、卓くんがそれに気づいてくれて。こういう細かいところに気がつくの、すごい、って」

言いながら、七海はちょっと照れたように指先で頬を掻く。

そんな会話を交わしているうちに駅に着いて、順番に改札を抜けてから、

「……お前、そんなことしてたんだ」

ぼそっと呟けば、「そうだよ」と七海は微笑んだ。悪戯っぽく、そしてほんの少し拗《す》ねたように。

「実は中学校の頃からずうっと。知らなかったでしょ？」

「知らなかった」

なんでだろう。ずっと七海のことを、見てきたはずなのに。

気づけなかった。俺はなにも。

苦い笑いが喉奥から込み上げる。またなにかを、突きつけられた気がして。

思わず言葉に詰まっていたとき、ホームに電車が止まった。目の前で開いたドアに、黙ったまま乗り込む。席は空いていなかったので、そのままドアの近くに立つと、

「そういうところがね」

同じように俺の正面に立った七海が、途切れた会話の続きをまたしゃべりだした。

「生徒会に向いてるんじゃないかって、卓くんは言ってくれたの。それまで、わたしが生徒会に入れるなんて一度も考えたことなかったから、すごくびっくりして、でも……すっごく、すっごくうれしくて」

──卓くんは、わたしの世界を変えてくれたの。

保健室で俺にそう言った、七海の言葉を思い出す。

「わたしもがんばってみようって、そのとき思えたんだ。がんばれる気がしたの。強くなれそうな気がしたんだ。卓くんがいてくれたら」

「……強くなったよ、七海は」

ぽろっとこぼれた言葉に、七海がちょっと驚いたように俺を見る。それから一拍置いて、うれしそうに表情を崩した。

「ありがとう。かんちゃんも」

「え」

「変わったよね、なんだか」

「……俺？」

うん、と笑った七海が、胸の前で小さく指先を動かし、横を指す。

「ひょっとして、あの子の影響なのかな？」

指さされた方向へ目をやれば、すぐに見つけた。

同じ車両の、二つ先のドアの前。まっすぐにこちらを見ていた彼女は、俺と目が合った途端あわてたように横を向き、わざとらしく窓の外へ視線を飛ばしている。

「……下手くそ」

「え、なに？」

「いや、独り言」

あんなバレバレなストーカーがあるか。

思わずあきれて苦笑していると、「実はね」と七海が穏やかな声で続けた。

「昨日ね、ちょっと怒られちゃったんだ。坂下さんに」

「怒られた？」

驚いて聞き返すと、七海は足下に視線を落として。

「かんちゃんがいなくなったあと。かんちゃんの気持ち、もっと考えてあげてって。

かんちゃんだって一生懸命だったんだからって」

「……あいつそんなこと言ったのか」

俺は季帆のほうへ目をやった。あいかわらずあからさまに顔を逸らしながら、それでも時折、気になって仕方がないという様子で、ちらちらとこちらへ視線を寄越してくる。下手くそ。

「うん。……知ってる」

「坂下さんて、かんちゃんのこと、すごく大事に思ってくれてるみたいだよ」

頷いたら、ぼんやりと瞼の裏が温かくなって、俺は目を伏せた。

「なあ」

「うん？」

「あいつのところ、行ってきてもいい？」

当然のように、季帆は今日もひとりだ。季帆自身は今更それをどうとも思っていないのだろうけれど。小学校の頃から友達いなかったとか、慣れてるとか言っていたし。

だけど、俺には昨日、決めたことがあった。

七海はすぐに察したように、「いいよ、もちろん」とにっこり笑って頷く。

「行ってきて。友達なんでしょ、坂下さん」

「うん。……なあ、七海」

「ん？」

「ちゃんと、樋渡のことつかまえとけよ」

一瞬きょとんとした顔で俺を見た七海は、少しして、ああ、と思い出したように呟いた。「大丈夫だよ」とにっこり笑って拳を握ってみせる。

「どんなに坂下さんが狙ってたって、ぜったい卓くんは渡さないから。わたしだって、やるときはやるんだから」

強くなったと思う。七海は本当に。俺といっしょにいたときより、ずっと。

ふいにそんなことを実感して、少しだけしんみりした気分になった。寂しいのかうれしいのか、悔しいのかほっとしたのか、なんだかよくわからなくて。

ただ、

「だから、心配しないで。わたしもがんばるから」

「……うん」

七海が笑っていて、よかったと思った。ひりひりと沁みるような痛みはまだたしかに残っているのに。それでも本当に、よかったと思えた。

七海を強くしてくれる、そんな人と。七海が出会えてよかった。

「がんばれ」

口にしてから、ふいに気づく。

彼女にこの言葉をかけるのは、はじめてのような気がした。

七海と別れて自分のもとへ歩いてくる俺を、季帆は目を丸くしてじっと眺めていた。なにをしているのだろう、と言いたげな困惑顔で。

「おはよ、季帆」

かまわず近寄って声をかければ、季帆はぎょっとしたように、

「つ、土屋くん？」

周りに視線を走らせながら、声を落として口を開いた。

「なにしてるんですか？」

「なにが」

「だって」

季帆は目線で、周りを見るよう促してくる。登校時間の車両には、当然ながら同じ高校の生徒もたくさん乗っている。

「人のいるところで、私に話しかけないでくださいって」

「やだ」

「え」

「話しかけるから。これからは」

きっぱりとした声で宣言すれば、季帆は心底戸惑った表情で眉を寄せていた。「ええ……」とか声を漏らしながら。

かまわず隣に立つ。何気なく視線を飛ばした先、同じ高校の制服を着たひとりの女子が、こちらを見ているのに気づいた。目が合うと、ぱっと逸らされたけれど。なんとなく見覚えのある顔だったから、たぶん同じ学年なのだろう。季帆のクラスメイトかもしれない。

それならちょうどいいやと思いながら、「なあ」と俺は隣の季帆のほうを見る。

「昼休み、なんか予定ある？」

「え？　予定って？」

「誰かといっしょにお昼食べる約束とか」

「そんなのあるわけないじゃないですか」

さらっと返された悲しい言葉に、だよな、と俺は心の中でだけ深く頷く。

季帆が樋渡の略奪計画を始めてから、俺と季帆がいっしょに昼休みを過ごすことは一度もなかった。だとしたら季帆は、たぶん毎日ひとりで昼ご飯を食べていたのだろう。間違いなく、クラスに友達はいないみたいだし。

土屋くんといっしょに食べたクリームパンがいちばんおいしかった。昨日聞いた季帆の言葉を思い出し、今更少し胸が軋む。

振り払うように、「じゃあ」と俺は言葉を継ぐと。

「俺といっしょにお昼食べよう」

「え、で、でも」

「約束な」

困ったようになにか言いかけた季帆は無視して、念を押しておく。

「教室まで迎えにいってやるから。待っとけよ」

「えっ？　だ、だめですよ」

当惑した声を上げながら、季帆はあいかわらず周りを気にしていた。こちらを見ているあの女子に気づいたのかもしれない。季帆がさりげなく後ろへ下がり、俺から距離をとろうとするのがわかった。

「なんで」

なんだか意地になって、そうして空いた距離を俺がまた詰めると、

「なんでって」

どうしてわからないのかと言いたげに、季帆が眉を寄せる。そうして声は落としながらも厳しい口調で返してきた。

「みんなにバレちゃうじゃないですか。私と土屋くんがつながってるの」

「いいじゃん、別に。どうせもう七海にはバレてたし」

「えっ、そうなんですか!?」

なぜかそこで驚いたように聞き返され、「いや、そうなんですかって」と俺はちょっとあきれながら返す。

「昨日、お前が七海に言ったんだろ。俺の気持ちも考えろとか」

言われて思い出したのか、あ、と季帆が小さく声を漏らす。それからばつが悪そうにうつむくと、「あれはその、つい……」なんてもごもごと口ごもっていた。

「ごめんなさい」

しばらくして消沈しきった声で謝られたので、俺は首を横に振る。

「別にいいよ。バレてなくても俺から言うつもりだったし」

「そうなんですか？」

「うん。だってもうやめるだろ、あの計画」

「……それは」

当然肯定が返ってくると思った問いかけには、思いがけず煮え切らない返答をされた。「えっと」となぜか口ごもる季帆の反応は気になったけれど、とりあえず、

「だからこれからは、周りに人がいようが俺は季帆と話すし、昼ご飯も季帆といっしょに食べます。もう決めたから」

一方的にそんな宣言をすれば、「ええ……」と季帆はまた困惑しきった声を漏らし

ていた。

けれど、同じ日の休み時間だった。

次の授業が移動教室だったので、廊下を歩いていた途中、

「あー、またやってる」

前を歩いていた女子がふいに声を上げた。

敵意のこもったその声はなんだか聞き覚えがあって、思わず目をやる。いたのは、同じクラスの女子ふたりだった。通りがかった教室のほうを覗き込みながら、「ほんとだ」ともうひとりも不愉快そうに相槌を打っている。

彼女たちが覗いているのが一年二組の教室だということに気づいたとき、ふっと嫌な予感がよぎる。

「いい加減あきらめればいいのにね」

「よっぽど自信あるんじゃないの。自分なら奪えるって」

続いた陰口にも聞き覚えがあって、俺もふたりに続いてそちらを覗き込んでみる。

案の定、そこにいたのは季帆だった。立っているのはもちろん、樋渡の机の前。

俺は眉をひそめて足を止める。

席に座る樋渡に、季帆がしきりになにか話しかけているのが見える。ここ数週間、何度も目にした光景だった。そんな彼女に、教室にいる女子たちが冷たい非難の目を向けているのも。

だけど、今日以降は目にすることはない光景のはずだった。あの計画はやめることを、今朝も季帆と話した。そういえば季帆は同意していなかった気はするけれど、ともかく。

季帆が樋渡につきまとう理由なんて、ない。ないはずなのに。

……え、なにあいつ。

わけがわからなくて、気づけば俺は二組の教室に足を踏み入れていた。まっすぐに季帆たちのもとへ歩いていく。

「いや、ほんとに大丈夫だよ。俺に貸したら坂下さんが困るだろうし」

「いえ、ぜんぜん。私はぜんぜん困らないので大丈夫です。借りてください、ぜひ」

近づくにつれ、ふたりの交わす会話が聞こえてきた。

どうも季帆が樋渡になにかのノートを貸そうとしているらしい。ちょっと困ったように首を振る樋渡に、季帆がノートを差し出している。というより、押しつけようとしている。

「私のノート、きれいですよ。たぶん樋渡くんのお役に立てると思います」

力説する季帆の表情は、いつもながらの必死さだった。

樋渡はますます困ったように、なんとか差し出されたノートを返そうとしている。どうやら本当にノートは必要ないみたいだけれど、季帆のほうは樋渡にノートを貸すことしか頭にないようだった。

「樋渡くん、化学が苦手なんですよね？　次のテスト範囲難しいし、独学じゃ厳しいと思うんです。だから私がお手伝いできればって」

前のめりにまくし立てる季帆は、目の前にいる樋渡しか目に入っていないらしく、近づいてくる俺にはまったく気づかない。そのことにも、ふと胸の奥でもやもやとした不快感が湧いて。

「――季帆」

呼ぶ声が、つい強くなった。

へっ、と驚いたように肩を揺らしてから、季帆が勢いよくこちらを振り返る。そうして俺の顔を見ると、ますます驚いたように目を丸くしていた。

「え、土屋くん？」

困惑した声を上げる季帆はとりあえず無視して、俺は樋渡のほうへ視線を移すと。

「悪いけど、ちょっとこいつに話あるから、いい？」

「ああ、うん。どうぞ」

どこかほっとしたような返事が樋渡から返ってきて、俺は季帆の腕をつかんだ。それにまた「へっ?」と素っ頓狂な声を上げる彼女にかまわず、腕を引いて教室から連れ出す。そうして廊下を進み、二組の教室から少し離れたところで、

「なにしてんの、お前」

つっけんどんに声を投げながら、季帆のほうを振り返った。

「え、なにって……」

「樋渡に、なんでまだあんなことしてんの」

イライラが、つい口調ににじんだ。

さっき見た、季帆の必死な表情を思い出す。俺に向けられていたものと同じような。

樋渡に対しても、あんな顔をするのか。あんな必死さでつきまとっていたのか。

そんなことを考えたら、ますます苛立たしくなってきて。

「もうあの計画はやめるって言っただろ、今日の朝も」

「私はやめるなんて言ってません」

問い詰めようとした俺の言葉をさえぎり、季帆がはっきりとした調子で告げた。

「は?」

「もう少し続けます。あの計画。寝取ります」

「……いや、なんで」

心の底から困惑して、季帆の顔を見つめる。

「俺がもういいってってんだから、続ける理由なんかないじゃん」

「今は土屋くんは関係ありません。私の個人的な事情です」

「個人的な事情？」

なんだそれ。

わけがわからず眉を寄せる俺に、季帆は困ったように笑いながら。

「あんまり気にしないでください。私がただ、したいからしてるだけです」

そうきっぱり言い切られると、咄嗟に反論の言葉が思いつかなくて黙った。

俺とは関係なく、個人的な事情で樋渡に近づくって。それはもう、ただ単純に、季帆が樋渡に近づきたいと思っているということで。

……なんだそれ。

もやもやは喉元まで込み上げてきたけれど、それを止めるための言葉も持っていなくて、よけいに歯痒《はがゆ》くなる。眉を寄せたまま黙り込む俺に、「あの、土屋くん」と季帆が困ったようにおずおずと声をかけてきた。

「そろそろ、次の授業が始まりますけど……」

「柚島」

「え」

「今度の休みに行ける？」

どうして急にそんなことを訊いたのか、自分でもよくわからなかった。ただ妙な焦《しょう》燥《そう》感《かん》に駆られて、気づけば声がこぼれていた。

季帆がきょとんとした顔で短くまばたきをする。それから一拍置いて、「ああ、は、はいっ」と大きく首を縦に振った。

「行けます。大丈夫です、もちろん！」

「じゃあ行こう。次の休み」

「はい！」

頬を紅潮《こうちょう》させ、全力で頷いてみせる季帆を見ていると、なんだか少しほっとした。その表情が本当にうれしそうで、彼女の目が今はまっすぐに俺を見ていることに。先ほど感じたもやもやは、まだ胸の奥に残っていたけれど。

よく晴れた日曜日の朝に、季帆と出かけた。

あの日と違い、海辺の駅は人であふれていた。

地元の人より観光客のほうが多そうで、あの日はひとけのなかった通りも、たくさんの人でにぎわっている。

海辺にはありすぎなぐらいカフェが並んでいるのに、空いているところはひとつもなかった。もれなく、入り口には入店待ちの列ができている。

その中でもひときわ長い列の最後尾に、俺たちも並んだ。

「ここのパンケーキがすっごいおいしいって、前にテレビで紹介されてるの見たんです」

と言う季帆に、熱く押されて。

店内に入れたのは、けっきょく、一時間近くも待ったあとだった。

十月のわりに強い日差しと高い気温のせいで、ちょっと額には汗がにじんでいたけれど、

「――わあ、ほんとにおいしい！」

名物だというパンケーキを食べながら、大袈裟なほど頬をゆるませる季帆を見ていたら、そんな疲れは一瞬で忘れてしまった。代わりに、途方もない安堵が込み上げる。

ただ、季帆が笑っていることに。

「よかったな」

「はい！　土屋くんのほうもおいしそうですよね。わ、メロンとか載ってる！　いいな」

「食べる？」

「えっ、いいんですか！　じゃ、じゃあ、ひとくち……」

「いいよ。ひとくちじゃなくて、半分ぐらい食べて」

おずおずとフォークを伸ばしてきた季帆に、そう言って皿ごと差し出す。

「本当ですか⁉」と季帆は感激したような声を上げていたけれど、まだほとんど手のつけられていないパンケーキを見ると、ふと手を止めた。

「……え」

なにかに気づいたみたいに、顔を上げて俺を見る。

「まさか、土屋くん」

「なに」

「甘いもの苦手なんですか?」

驚いたようにそんなことを訊かれ、俺は一瞬きょとんとしてしまった。

今更なにを訊いているのだろう、なんて思ってしまって、それから遅れて、俺も季帆の好きな食べ物なんてほとんど知らないことを思い出す。クリームパンとハンバーグと、あとは今日知ったパンケーキぐらいしか。

思えば、それ以外のことも。俺はまだ季帆について、なにも知らない。

――たとえば、あの日。どうして季帆が死のうとしていたのか、とか。

「まあ……実はあんまり」

「えっ、じゃあなんでパンケーキなんて頼んだんですか⁉　しかもそんな甘そうなやつを」

「……お前が、どっちも食べたいっつってたから」

「え？」

「これとそれ。どっちにしようか散々迷ってただろ。両方食べたいって」

真剣な顔でメニューをじっと睨んでいた、数分前の季帆の姿を思い出す。ぜんぶおいしそう、と困り果てた声で何度も呟きながら。

最終的に二つにまでは絞り込んだのだけれど、そこからますます途方に暮れた顔になって。選べない、両方食べたい、と、悲痛な声を漏らしていた彼女に、それなら両方食べさせてやりたいと、つい、そう思ってしまったから。

「俺のを半分、お前にやろうと思って」

「……え」

「そしたらどっちも食べられるじゃん、食べたかった二つ」

季帆は唇を薄く開けたまま、呆けたように俺の顔を見つめていた。

反応が追いつかないみたいに、何度かまばたきをしたあとで、勢いよく視線を落とす。

「……あ、じゃ、じゃあ」

そうして上擦った声でもごもご呟きながら、おもむろに手を伸ばして俺の前にあった皿をつかむと。

「私が、両方食べますね。これも、ぜんぶ」

「え？　いやそんな無理しなくても」

「いえ、ぜんぜん。無理じゃないです、ぜんぜん、本当に」

うつむいたまま早口でまくし立てながら、季帆はパンケーキの皿を自分のほうへ引き寄せる。

「むしろ食べたい、ぜったい食べたい。食べさせてください。……食べないわけにいかないじゃないですか、そんなの」

ぼそぼそと呟く彼女の、髪の隙間から覗く耳が赤くなっているのが、ちらっと見えた。

季帆は本当にパンケーキを二皿平らげた。苦しげな様子もなく、終始幸せそうに。

「おいしかった」ととろけきった笑顔で呟いて、紙ナプキンで口元を拭う季帆を眺めていたとき、

「……なあ、その髪」

「はい？」

数週間前に染められた彼女の黒い髪が、ふと目に入った。同時に、先日季帆が言っ

ていた、樋渡の略奪計画を続けたいという言葉も思い出して。

「いつまでその色にしてんの？」

「え？」

訊ねると、季帆はきょとんとして顔を上げた。なにを訊かれたのかわからなかったみたいに。「だって」と俺は続ける。

「もうその色にしてる意味ないじゃん」

季帆が髪を染めたのは、樋渡を寝取るための前準備だと言っていた。樋渡はたぶんこっちのほうが好みだろうから、と。だったら。

「樋渡の好みに合わせる必要ないだろ、もう」

「土屋くんは茶髪のほうが好きなんですか？」

「……まあ」

正直、そんなこともなかったけれど。むしろどっちかというと、黒髪のほうが好きかもしれない。ただ、樋渡のために染められた髪だというのが気に食わない。

「そろそろ前の色に戻せば」

「……うーん」

だけど季帆の反応は渋かった。困ったような笑顔で、肩にかかる髪の毛先に触れる。そうしてそのまま指先にくるくると巻きつけながら、

「でも、もう少し続けたいんですよね、あの計画」

ふたたび、そんな要領を得ない答えを返してきた。

「……だから、なんでだよ」

「ですから、私の個人的な事情で……」

「だから、なんだよ、それ」

再度告げられた言葉に、眉をひそめてため息をつく。

「個人的な事情で樋渡を寝取りたいって、もうそれただの略奪じゃん。単純にお前が、樋渡を狙ってるだけってことじゃん」

「……樋渡くんを寝取りたい、というか」

季帆は困ったように俺の言葉を繰り返してから、テーブルの上に視線を落とす。

「ただ、七海さんからなにか奪ってやりたい、っていうか」

「……は？」

「私ね」

そこでまた視線を上げた季帆は、観念したように俺の顔を見て。

「七海さんのことが、嫌いなんです。どうしようもなく」

内容のわりにどこか穏やかな声で、そう告げた。

砂浜にも、あの日と違いたくさんの人がいた。

さすがに海水浴をしている人はいなかったけれど、裸足《はだし》になって足だけ水に浸している人はけっこういる。

それを見て、季帆もさっそく真似《まね》していた。脱いだスニーカーを片方ずつ両手にぶら下げて、波打ち際を進んでいく。

「樋渡くんがね、教えてくれたんです」

「なにを」

「七海さんが私のこと、羨ましいって言ってるって。あんなに勉強ができてすごい、って」

「……ああ」

たしかに七海が言いそうなことだった。なにかしら秀でたものがある人に対して、昔から七海は臆面もなく、羨望を口にしていたから。

俺もよく言われた。かんちゃんは頭が良くていいな、運動神経が良くていいな、わたしもそんなふうになりたい……。七海が本気でそう思ってくれているのはわかったから、俺は嫌な気もせず、むしろ優越感がくすぐられるだけだったけれど。

「それ聞いたとき、私、どうしようもなく腹が立って」

だけど季帆は、苦々しくそう言った。

顔を伏せ、水に浸した自分のつま先を見下ろしながら。

「勉強ができるのなんて、今まで必死にやってきたからなんです。むしろ私は、それしかやってこなかったから。昔から人付き合いが下手で、小学校でも中学校でも上手くやれなくて。だけど勉強は他の子より少しだけ良くできたから、これだけはがんばろうと決めて。そうしたらそのうち、学年でいちばん勉強ができるようになって」

そしたらね、と季帆は自嘲するように続ける。

「バカみたいだって思えるようになったんです。周りの子たちと上手くやれないこととか、友達ができないこととか、そんなことで悩むの。だって私、いちばんなんだから。誰よりも勉強ができるんだから。周りの低レベルな子たちと仲良くできなくたって、別にいいやって」

俺は季帆の少し後ろに立ったまま、彼女の言葉を聞いていた。

言葉を重ねるたび、少しだけ揺れる彼女の肩を眺めながら。

「だから勉強することは、私の、唯一の命綱みたいなものだったんです。私がプライドを保って生きていくために、必要なことで」

だけど。

季帆は空を軽く仰ぎながら続ける。

打ち寄せてきた波が、彼女の足首まで濡らした。

「七海さんには、最初からそんなもの必要なかったんですよね。だってそんなものなくても、七海さんは許されるから。土屋くんにも樋渡くんにも、家族にも友達にも。ただ生きてるだけで、笑顔でいるだけで、みんなに大事にされて愛されてるから」

七海さんは、と少しだけ掠れた声で季帆が言う。

「私が死ぬほど欲しかったもの、当たり前みたいに手に入れてるのに。なのに、その価値なんてぜんぜんわかってない。だからあんなふうに、自分を大事に思ってくれてる人のこと、簡単に捨てようとしたりもできるんだなって、そう思ったら許せなくて。なにかあの子の大事なものを奪って、絶望した顔を見てやりたいって、そう、思ったんです」

吐き出すように一息に言い切って、季帆が息を吐く。

後ろにいるせいでその表情が見えなくて、俺は彼女のもとへ足を進めた。

「……季帆だって」

近づくと、淡い紫色に塗られた彼女の足の爪が、濡れて光っていた。

打ち寄せてきた波に、俺のスニーカーのつま先も濡れる。

「七海が死ぬほど欲しかったもの、持ってんだよ。たぶん」

かまわず隣に立つと、ゆっくりと顔を上げた季帆が俺を見た。

「だから」

その目を、俺はまっすぐに見つめ返す。

「あの計画は、もうやめてほしい」

土屋くんが幸せになってくれればそれでいいのだと、迷いなく言い切った季帆の声を思い出す。

頼むから、と続けた声は、自分でもちょっと驚くほど必死だった。

「――もう、季帆に、そんなことしてほしくない」

季帆はなにも言わず、俺の顔を見つめていた。

表情のないその顔は、けれどどこか穏やかだった。

やがて彼女は海のほうへ視線を飛ばすと、まぶしそうに目を細めながら、

「……はい」

静かに呟いて、持っていたスニーカーをおもむろに砂の上に置いた。

代わりに、穿いていた白いプリーツスカートの裾を軽く持ち上げる。そうしてスカートが濡れないよう気をつけながら、また波打ち際を歩きだした。今度は、もう少し深いところまで。

「だからさ」

その背中を呼び止めるように、俺は声を投げる。

「やっぱりその髪、もとの色に戻せよ」

「もとの色？」

「もとの茶色に」

言ってからふと、四月に電車で声をかけたときの季帆は黒髪だったことを思い出して。

「……あれ、でも四月は黒かったっけ」

「あ、はい。こっちの高校に転校してくる前に染めたんです。土屋くんの好みに合わせようと思って」

「俺の好み？」

「土屋くんチャラそうだったので、清楚な感じより軽そうな感じのほうが好きかなって」

「……俺チャラそうなの？」

「だって、電車で見ず知らずの女の子に、いきなり声かけてくるじゃないですか」

からかうような季帆の口調に、俺は今更ちょっと恥ずかしくなる。

「別に、いつもそんなことしてるわけじゃないし。あの日は、季帆が具合悪そうだったから」

もっと言えば、数日前に七海が倒れていたから。それがなければ、俺はたぶん、あの日季帆に声をかけたりしなかった。

だから、むしろ。

「チャラいどころかすげぇ一途《いちず》だし。一途すぎて重いぐらい」

俺の行動なんて、本当に嫌になるほどぜんぶ、七海に影響されていて。

「はい、たしかに土屋くん、だいぶ重い人でしたね。意外でした」

「だろ。高校も、好きな子と同じ高校行きたいって理由で選んだぐらいだし」

「……そうなんですか？」

何気なく重ねた自虐に、思いがけなく真面目なトーンで季帆が聞き返してきた。

急に変わった声色に、俺はちょっと戸惑いながら。

「そうだよ。七海といっしょに過ごす時間減らしたくなかったから、それだけで高校決めた」

一度だって、迷うことなく。

七海のため、なんて理由をつけながら、本当のところは俺が七海といっしょにいたかったから。ただ、それだけで。

「……なんですか、それ」

俺の言葉に、ふいに季帆の笑顔が崩れる。

力が抜けたみたいに、唇の端から息を漏らして笑いながら。

「そんなバカみたいな理由で高校決めたんですか、土屋くん」

「そんな理由でいいだろ、高校なんて」

「……私なんて」

　途方に暮れた、泣き笑いのような顔だった。

「高校落ちて絶望して、死のうとまで思ったのに」

　崩れるようにしゃがみ込みそうになった季帆の手を、俺は思わず握っていた。

「それこそバカだろ」

　強く力を込めながら、投げつけるように返す。

「高校なんて別にどこだっていいじゃん。ただの通過点だし。どこの高校行くかじゃなくて、けっきょく、そこでどんだけがんばれるかだろ」

「そうですね」

　くしゃりと歪んだ変な笑顔で、季帆が呟く。もう片方の手がゆるゆると上がって、そんな顔を隠すように額を押さえた。

「バカみたい、私」

「そりゃ北高はたいした学校じゃないけどさ。せめてここでずっとトップとって、ちゃんと行きたい大学行ってやればそれでいいって俺は思ってるけど」

　はい、と頷きかけて、季帆はふと顔を上げる。なにかに気づいたみたいに。

　そうしてため息をつくように、小さく笑いをこぼすと、

「……なに言ってるんですか」

悪戯っぽい声で、そう呟いた。

「私が来たから、もう土屋くんにトップは無理ですよ。ていうかこのまえの模試で、さっそく私に負けてたじゃないですか。忘れたんですか？」

「うるせえな、あれは手抜いてただけだよ。次からは本気出すから、また俺が一位だから」

「残念ですけど、土屋くん程度じゃ無理ですよ。そんな長年恋にうつつを抜かしてきた土屋くんと違って、こっちは人生かけてきたんですから。ガリ勉なめないでください」

「へえ、そりゃ次のテストが楽しみだな」

笑いながら言うと、季帆もつられるように笑ってから、いきなり水に浸していた足を勢いよく上げた。しっかり、つま先をこちらへ向けて。

「うわ！」

飛んできた水飛沫《みずしぶき》が、俺にかかる。足と、少しお腹の辺りまで飛んだ。

「いや、ガキみたいなことすんなよ」

あきれていなしても、季帆はかまわず同じ動作を繰り返してきた。心底楽しげな笑い声を立てながら。デニムが水を吸って、少し重たくなる。彼女の長いスカートの裾も、すっかり濡れていて。

「やめろって、今日も着替えとかないんだから」

本気で止めても、「私もです」と季帆はなぜかうれしそうに声を弾ませる。

「だから帰れなくしてやろうと思って」

「は？」

「今日はお金あるでしょう？」

「いや、あるけど」

「私ね」と俺の顔を見上げた季帆が、まぶしそうに目を細める。

「すごく楽しみだったんです、今日。今日まではなんとしても、生きていたいって思うぐらい。ぜったい、ぜったい死なないようにしようって」

「うん」

「だから、終わらせたくなくて。できるだけ長く、今日を続けたくて。行きの電車からずっと、そんなことばっかり考えちゃって」

「……なんだ、それ」

俺は思わず、つかんだままだった彼女の手を強く握りしめていた。

「今日が終わったら、また作ればいいじゃん」

「え」

「次の約束。また行きたいところ探して、計画立てよう。今日みたいに」

「……そうですね」

一拍置いて、その顔に笑みが満ちていく。どこか泣きそうにも見えるくしゃくしゃなその笑顔に、ふと息が詰まった。こんなにも無防備な彼女の笑顔を見たのは、はじめてのような気がして。

「季帆」

「はい」

「ありがとう」

「……へ？」

思わず呟いた言葉に、季帆が間の抜けた声を上げる。かまわず続けた。

「季帆がいてくれて、よかった」

「……な、なんですか急に」

途端に落ち着きなく、季帆はぐるぐると視線を泳がせはじめる。

「七海に言われた。最近、俺が変わったって。自分でも思うよ。いろいろ、今まで気づけなかったことに気づけた気がするから。季帆のおかげで」

「わ、私はなにも」

「だからさ」

否定しかけた彼女の言葉をさえぎり、重ねる。潮風に揺れる、彼女の黒い髪を眺めながら。

「もう、俺のことはいいから。俺のためとかじゃなくて、季帆がしたいようにしてほしい。髪型も、化粧も。次どっか遊びにいくのも、季帆が行きたいところにしよう。季帆の行きたいところに行って、季帆のしたいことをしよう。なんでも付き合ってやるよ。俺でよければ。……わがまま、言ってほしい」

土屋くんのため。いつだって彼女は、そんなことばかり言っていたから。

だからこれからは、こんなふうに、俺が彼女を笑わせてあげられたらいい。どうしようもないほどまっすぐ、俺のためだけに突っ走ってきてくれた彼女へ。今度は俺が、返していけたらいい。今まで彼女にもらってきた、途方もないものの分。

季帆はじっと俺の顔を見つめて、何度かまばたきをした。

そうしてゆっくり、「……なんでも？」と聞き返してくる。

「なんでもいいんですか」

「うん」

「わがまま言っても？」

「いいよ」

できるだけはっきりと頷いてみせれば、季帆は少しだけ迷うように黙り込んだ。

「……じゃあ」

短い沈黙のあとで、おずおずと口を開く。

「あ、明日の朝、なんですけど」

「うん」

「いっしょに、学校、行きたいです」

振り絞るような口調のわりに、出てきたのはずいぶん他愛もない願いで、なんだか脱力した。

「いいよ」

返す声に笑いが混じる。

「つーか、今までも毎日いっしょに行ってたような気がするけど」

毎日同じ車両に乗ってたし。ちょっと場所は離れていたけど。

からかうようにそんなことを言っても、季帆はひどく真剣な顔のまま、「そうじゃなくて」と言葉を返す。

「あ、明日は」

「ん？」

「駅で、待ち合わせをしたいんです。土屋くんと」

かすかに震えた語尾に、一瞬、胸の奥のほうが疼《うず》いた。

赤くなった彼女の頬から、思わず目を逸らす。そこに意味もなく触れたくなった衝動を、押し止めるように。

「……いいよ」

返した俺の声も、なぜかちょっと掠れていた。なにかがゆるく喉に巻きついているみたいに、息がしにくかったせいで。


季帆の指定してきた待ち合わせ場所は、中町駅のホーム。時間はいつもの登校時間より少し遅い、八時だった。

いちおう約束の十分前には来てみたけれど、季帆のほうが早かった。

ホームの隅、傍のベンチが空いているのに座るでもなく、ぴんと背筋を伸ばして立っている。あからさまに緊張した様子で。朝、季帆と会うのはいつも電車の中だったから、なんだか新鮮な光景だった。

彼女のもとへ歩いていきながら、名前を呼ぼうとして、ふと声が喉の奥で詰まる。

朝の日差しの下、やけに明るく見える季帆の茶色い髪が目に入って。

「季帆」

「あ、土屋くん。おはようございます」

「お前、それ」

挨拶《あいさつ》を返すのも忘れ、季帆の前に立つなり、俺は彼女の頭を指さす。

季帆はすぐに察したように、茶色くなった髪の毛先に触れながら、言った。

「染めました。昨日帰ってから」

「……行動早いな、あいかわらず」

樋渡を寝取ると宣言した翌日、髪を黒くしてきた季帆のことを思い出す。

「はい。だって土屋くん、こっちのほうが好きだって言ったから」

「え、それで染めたの？」

「当たり前です」

やたら力強く頷いてみせた季帆に、俺は思わず眉を寄せる。

「そうじゃなくて、俺は季帆の好きな髪型にしてほしかったんだけど」

「好きな髪型にしたんですよ」

「え」

「私が、土屋くんの好みに合わせたかったんです。土屋くんの好きな髪型が、私のしたい髪型なんです。土屋くんに少しでも、かわいいって思ってもらいたくて」

はっきりとした声でそんなことを言い切ったあとで、遅れてはにかむ。それからふと、心配そうな目でこちらを見た。

「ね、これ大丈夫ですか？」

「なにが」

「ちゃんと土屋くんの好みに合ってますか？　この髪型」

訊ねる季帆の顔は真剣だった。

俺はあらためて彼女の髪に目をやる。季帆が突然俺の前に現れたあの日と同じ、明るい茶髪。思えばそれも、俺の好みに合わせるためだったと彼女は言っていた。

ふいに、指先が痺《しび》れるように疼いた。

「……似合ってる」

「本当ですか？」

「うん。……かわいい」

正直、自分は圧倒的に黒髪派だと思っていたけれど。化粧も服装も、派手なものより清楚な感じのほうが好きだし。

だけど今目の前にいる季帆の、毛先が巻かれた茶色い髪も、頬や目のふちに淡く色の載った化粧も、短めのスカートも。

ぜんぶ、季帆には本当によく似合っていた。昨日までの黒髪よりずっと。

季帆らしいと思った。

へっ、と素っ頓狂な声を上げた季帆の目が、大きく見開かれる。そうして、え、とか、あ、とか意味のつながらない声をとぎれとぎれに発しながら、思い切りうつむいたあとで。

「……そ、それなら、よかったです」

「うん」

もごもごと呟いて、制服の裾を落ち着きなくいじる。そんな彼女の赤くなった耳や首筋を眺めながら、なんとなく満足した気分になっていたときだった。

「土屋くん」

「はい」

「好きです」

へ、と次に上がった素っ頓狂な声は、俺のものだった。

顔を上げた季帆が、俺の顔を見る。その頬はまだ赤かったけれど、口元には穏やかな笑みがあった。

「土屋くんが声をかけてきた、あの日から」

そのままひどくまっすぐに見つめられ、俺も視線が動かせなくなる。

「ずっと、私は土屋くんのせいで死ねずにいます。明日も土屋くんの顔が見たいとか声を聞きたいとか、そう思ったら明日が楽しみになって、死ぬ気がなくなっちゃうんです、いつも。だから」

そこで季帆は軽く言葉を切ると、少し目を細めて。

「これからも、つきまとっていていいですか。土屋くんのこと、見ていてもいいですか。そうしたら私、それを楽しみに明日も生きていけそうだから」

祈るような彼女の声に、思わず目を伏せる。

「……なんだ、それ」

口を開いたら、ため息をつくような笑いもいっしょにこぼれた。

「見てるだけじゃなくて、声かけろよ」

「え」

「一方的に見られてるのって居心地悪いし。これからは、いっしょに学校行こう。今日みたいに待ち合わせして。それが季帆のしたいことなら」

季帆はしばし黙って俺の顔を見つめた。

なにか迷うような沈黙のあと、ふっと目を伏せた彼女が、「……違います」と小さく呟く。

「え？」

「私がしたいこと。今日、土屋くんにお願いしたかったことは、他にあって」

「え、なに」

聞き返すと、季帆はまた少し迷うように黙ったあとで、

「……わがまま」

ぽつんと呟くように口を開いた。

「ん？」

「言ってもいいんですよね？」

硬い声で念を押されるとちょっと不安が込み上げたけれど、「いいよ」と頷くことに迷いはなかった。

「なんでも言えよ」

「じゃあ」

ゆっくり顔を上げた季帆が、俺を見た。緊張に強張った表情で、意を決したように一度軽く唇を噛む。そうして言った。

「――キスしてください」

一瞬、周りの喧噪が遠ざかった。

「は……？」

「キス、してください。私に」

理解は数秒遅れて追いついた。

途端、鼓動が一気に速度を速め、顔が熱くなる。

「は？　はあ？」

口を開いたら、思い切り上擦った声があふれた。

「いや、なに、今？」

「今です。今、ここで」

動揺する俺に対して、季帆のほうはやけに腹を据えた様子だった。

「なんでもいいって言いましたよね、土屋くん」

「いや言ったけど」

情けない声を上げると同時に、ベルが鳴った。電車の到着を告げるアナウンスが続く。線路のほうへ目をやると、向こうから白色の電車が近づいてきていた。

「今はちょっと」

通勤通学時間のホームには、当然ながらそれなりの人がいる。同じ高校の制服を着たやつも、なんなら知り合いだっている。

「嫌なんですか？　私にキスするの」

「いやそうじゃなくて」

ふいに悲しげな声が耳を打って、季帆のほうを振り向いたときだった。

彼女と目が合って、一瞬息が止まった。じっと俺を見つめてくるその目が、かすかに潤んでいて。

赤い目元も噛みしめられた唇も余裕なんてぜんぜんなくて、目を下ろせば、スカートの裾をぎゅっと握りしめる手も見えた。

ああ、もう。口の中で呟いて、一歩彼女のほうへ歩み寄る。

手を伸ばして彼女の頬に触れると、ぴくっとその身体が震えた。肩が強張る。それでも視線は俺の顔から外すことなく、食い入るように見つめてくる季帆に、

「……目」

「え?」

たまらなくなって、頬に添えていた手を上へすべらせた。

手のひらで彼女の両目を覆う。へ、と驚いたように声を上げかけた季帆に、顔を寄せる。視界の端に、ホームにすべり込んでくる電車がちらっと映った。

触れたのは、一瞬だった。だけどその柔らかな感触は、一瞬でそこに焼きついた。

彼女の目元を覆っていた手を外せば、現れた大きな瞳がまばたきもせず、俺を見つめる。その唇が震えて、なにか言いかけたのがわかった。

けれどそのとき、背後で電車のドアが開く音がした。

ふたりとも、思わずはっとしてそちらを振り返る。

ちょうど俺たちの真後ろで止まったドアから出てきたのは、数人の高校生だった。

全員同じ、近くにある商業高校の制服を着ている。そしてそのうちのひとりの女子が、

驚いたような顔でこちらを見ていた。

隣で季帆が、あ、と小さく呟くのが聞こえた。

しばし固まったように立ち尽くしていたその子は、いっしょにいた友達に「どうしたの」と声をかけられ、ようやく我に返ったようだった。

あわてたように首を横に振って、動揺の抜けない足取りで歩きだす。そうして俺たちの前を、早足で通り過ぎていった。すれ違う間際、もう一度季帆のほうをちらっと見て。

「……今の、もしかして知り合いだった？」

改札を抜けるその子の背中を、呆けたように眺めている季帆に訊ねてみれば、

「え、あ、は、はい」

こちらも思い切り動揺した様子で、上擦った答えが返ってきた。

「中学の同級生、でした」

え、と思わず声を漏らして、俺もその子のほうへ目をやる。

そうしてふいに思い出した。

この前、駅の近くのコンビニで聞いた、季帆についての噂話。季帆が受験に失敗したことを笑っていたのは、あの制服を着た女子高生だった。顔が見えなかったから、それがあの子だったかどうかはわからないけれど。

「仲良かったの？」

「いえ、まさか。友達いなかったって言ったじゃないですか。……隣の席になったことがあるから、何度か勉強を教えたことがあるぐらいで」

「ふうん」

ガリ勉。中学時代の季帆をそう評してみせた、あの子の高い声がよみがえる。

「……ガリ勉って」

「え？」

「駅のホームでこんなことしないと思うけど」

季帆のほうを見ると、きょとんとした顔でこちらを見つめる彼女と目が合った。なにを言われたのかよくわからなかったらしい彼女に、「なんでもない」と俺は短く首を振る。

「なあ、明日も」

「はい？」

明日もあの子はこの時間の電車に乗ってくるだろうか。頭の隅でそんなことを考えながら、言葉を継ぐ。

「待ち合わせしよう、朝。今日みたいに」

「え、は……はい！」

——もしそうなら、また見せつけてやりたい。きっと、季帆のことをなにもわかっていなかったであろうあの子に。この、心底うれしそうな彼女の笑顔を。

そんな子どもじみたことを考えていたら、「ね、土屋くん」と季帆がふと穏やかな声で俺を呼んだ。

うん、と聞き返せば、彼女はまぶしそうに目を細めて。

「私、北高に来てよかったです」

噛みしめるように告げた季帆の指先が、ふっと右手に触れた。

「待ち合わせ」

そうして俺の薬指と小指を引っかけるようにして、ゆるく握ってくる。

「明日、だけじゃなくて」

そこから伝わる熱に、胸が苦しくなる。触れる手を俺から強く握り返せば、遠慮がちだったその手にも、ぎゅっと力がこもった。

「これから、ずっと、がいいです」

「……うん」

俺も、とごく自然に言葉が続いて、そのことに自分で驚いた。

「これから、ずっとがいい」

それを楽しみに、明日も生きたいと思ってくれるなら。
これから毎日、こうして続けていけばいい。
彼女と行きたい場所も、話したいことも、どうせ数え切れないほど見つかるから。
尽きるまでずっと、次の約束をすればいい。
途切れないように。
きみが明日も、この世界を生きてくれるように。

あとがき

このたびは数ある本の中から、『きみが明日、この世界から消える前に』を手に取ってくださり、本当にありがとうございます。

本作は『エブリスタ小説大賞2019×スターツ出版文庫大賞』の青春部門で大賞を受賞し、書籍化することとなりました。

私の大好きな、恋に突っ走る女の子を目一杯書きたい、と思って書きはじめたお話でした。とにかく必死で、がむしゃらで、それこそストーカーするぐらい突っ走っちゃう女の子が書きたくて。

そこまで想いを募らせるにはどんなきっかけがあればいいかな、と考えたとき、思いついたのは「命を救われたこと」で。そうしてこのお話が生まれました。

死にたい気持ちを癒すいちばんの薬は、恋をすることなんじゃないかな、と思ったりします。

明日も会いたいと思う人がいること、いっしょにいたいと思う人がいること。それだけで「死にたい」を塗り替えるほどの「生きたい」が湧いてきてしまう。死にたい気持ちがなくなるわけじゃない。だけどそれ以上に生きたくて、死ねなくなる。そんな抗えなくて迷惑なものが恋なんじゃないかな、と。そうだといいな、なんて思いながら書いたお話でした。

私の好きなもの、書きたいものを詰め込んだお話でしたが、このたび書籍化という夢のような機会をいただけたこと、本当に幸せです。

小説投稿サイトで連載していた頃からずっと応援してくださった皆さま、書籍化にあたりご尽力くださった皆さま、本当に本当にありがとうございました。

そしてこの本を手に取ってくださった皆さま、あらためてありがとうございます。

なにか少しでも、皆さまの心に残るものがありますように。

此見えこ

この物語はフィクションです。実在の人物、団体等とは一切関係がありません。

此見えこ先生へのファンレターのあて先
〒104-0031　東京都中央区京橋1-3-1　八重洲口大栄ビル7F
スターツ出版（株）書籍編集部 気付
此見えこ先生

きみが明日、この世界から消える前に

2020年８月28日　初版第１刷発行
2024年４月17日　　　第22刷発行

著　者　此見えこ　

発 行 人　菊地修一
デザイン　西村弘美
発 行 所　スターツ出版株式会社
〒104-0031
東京都中央区京橋1-3-1　八重洲口大栄ビル7F
出版マーケティンググループ　TEL 03-6202-0386
（ご注文等に関するお問い合わせ）
URL　https://starts-pub.jp/
印 刷 所　大日本印刷株式会社

Printed in Japan

ISBN　978-4-8137-0959-6　C0193

スターツ出版文庫　好評発売中!!

『新米パパの双子ごはん』　遠藤《えんどう》遼《りょう》・著

情に厚く突っ走りがちな営業マンの兄・拓斗と、頭はキレるが感情表現は苦手な大学准教授の弟・海翔。ふたりが暮らす家に突然「パパ！」と四歳の双子・心陽と遥平が転がり込んできた。小さなふたりに見覚えはないが、まったく身に覚えがない訳ではない兄弟…。どちらが父親なのか、母親が誰なのか、謎だらけ。けれども、拓斗の下手な手料理を満面の笑みで頬張る食いしん坊な双子を見ているうち、いつの間にか愛情のようなものが芽生え…。不器用な男ふたりのパパ修行が始まる⁉

ISBN978-4-8137-0943-5／定価：本体620円＋税

この度、狼男子⁉を飼うことになりました　桃城《ももしろ》猫緒《ねこお》・著

駆け出し中のアイドル・天澤奏多は、人生最悪の１日を過ごしていた。初めての出演映画は共演者のスキャンダルでお蔵入りの危機。しかも通り魔に襲われ、絶体絶命の大ピンチ――。しかし、狼のような犬に助けられ、九死に一生を得る。ほっとしたのも束の間、犬は「カナ！会いたかった！」と言葉を発して――⁉まるで奏多の旧友だったかのように接してくる“喋る犬”ドルーと、戸惑いつつも不思議な生活をスタートするが、ある日ドルーが人間の姿に変身して…⁉

ISBN978-4-8137-0944-2／定価：本体570円＋税

ラスト・ゲーム～バスケ馬鹿の君に捧ぐ～　高倉《たかくら》かな・著

高３の春。バスケ部部長の元也は、最後の試合へ向けて練習に励んでいた。大好きなバスケがあり、大事な仲間がいて、女子バスケ部の麻子とは恋が生まれそうで…。すべてが順調だったが、些細な嫉妬から麻子に「お前なんか好きじゃない」と口走ってしまう。それが原因で、尊敬する父とも衝突。謝罪もできないまま翌日、父は事故で他界する。自分のせいで父が死んだと思った元也は、青春をかけたバスケとも距離を置き始め…。絶望の中にいる元也を救ったのは…⁉15万人が涙した青春小説。

ISBN978-4-8137-0945-9／定価：本体600円＋税

『ヘタレな俺はウブなアラサー美女を落としたい』　兎山《とやま》もなか・著

念願のバーをオープンさせ、経営も順調なアラサーバーテンダーの絹。ある日の明け方、お店の前でつぶれていたパリピな大学生・純一を介抱したのをきっかけに彼はお店で働くことに。「絹さんって彼氏いるんスか」と聞いて積極的にアプローチしてくる彼に、しばらく恋愛ご無沙汰だった絹は、必死でオトナの女を演じるが…一方、チャラ男を演じていた純一は実はガチで真面目なピュアボーイで、必死で肉食系を演じていた始末…実はウブなふたりの、カクテルよりも甘い恋愛ストーリー。

ISBN978-4-8137-0926-8 ／ 定価：本体610円＋税

スターツ出版文庫　好評発売中!!

『あの夏、夢の終わりで恋をした。』冬《ふゆ》野《の》夜《よ》空《ぞら》・著

妹の死から幸せを遠ざけ、後悔しない選択にこだわってきた透。しかし思わずこぼれた自分らしくない一言で、そんな人生が一変する。「一目惚れ、しました」告白の相手・咲葵との日々は、幸せに満ちていた。妹への罪悪感を抱えつつ、咲葵のおかげで変わっていく透だったが…。「──もしも、この世界にタイムリミットがあるって言ったら、どうする？」真実を知るとき、究極の選択を前に透が出す答えとは…？　後悔を抱える2人の、儚くも美しい、ひと夏の恋──。

ISBN978-4-8137-0927-5 ／ 定価：本体590円＋税

『熱海温泉 つくも神様のお宿で花嫁修業いたします』小春《こはる》りん・著

仕事も恋も家も失い、熱海に傷心旅行に来た花は、一軒の宿に迷い込んでしまう。モフモフのしゃべる狸が出迎えるそこは、つくも神様が疲れを癒しにやってくる温泉宿だった！なりゆきで泊まったものの宿代が払えず、借金返済のために仲居をすることになった花。しかも、意地悪なイケメン若旦那・八雲の花嫁候補にまで任命されて…⁉どん底女子が、個性豊かな神様たちと出会い成長していく、心温まる物語。「スターツ出版キャラクター小説大賞」大賞受賞作。

ISBN978-4-8137-0928-2 ／ 定価：本体660円＋税

『神様の教育係始めました～冴えない彼の花嫁候補～』朝比奈希夜《あさひなきよ》・著

飲料メーカーの営業をしているあやめは、ヘタレな後輩・十文字君とコンビを組んでいる。まともに営業もできない気弱な彼を育てるために奮闘する日々。加えて実はあやめは、あやかしが見える体質で、なぜか最近あやかしたちに攻撃されるようになり悩んでいた。そんなある日、あやかしに襲われていたところを、銀髪で和装姿の超絶イケメンに助けられる。「俺の嫁になれ」「よ、嫁⁉」動揺しつつも、落ち着いてよく見ると、その彼は十文字君にどこか似ていて…？

ISBN978-4-8137-0929-9 ／ 定価：本体630円＋税

『またもや不本意ながら、神様の花嫁は今宵も寵愛されてます』涙鳴《るいな》・著

『ともに生きよう。俺の番』──不運なOL生活から一転、神様・朔の花嫁となった雅。試練を乗り越え、朔と本当の夫婦になれたはずなのに“寝床が別”ってどういうこと…⁉　朔との距離を縮めようとする雅だが、ひらりと躱され不満は募るばかり。そんな最中、またもや雅の特別な魂を狙う新たな敵が現れて…。朔の本当の気持ちと、夫婦の運命は──。過保護な旦那様×お転婆な花嫁のどたばた＆しあわせ夫婦生活、待望の第2弾！

ISBN978-4-8137-0909-1 ／ 定価：本体560円＋税

スターツ出版文庫　好評発売中!!

『夜が明けたら、いちばんに君に会いにいく』汐見夏衛《しおみなつえ》・著

高2の茜は、誰からも信頼される優等生。しかし、隣の席の青磁にだけは「嫌いだ」と言われてしまう。茜とは正反対に、自分の気持ちをはっきり言う青磁のことが苦手だったが、茜を救ってくれたのは、そんな彼だった。「言いたいことあるなら言っていいんだ。俺が聞いててやる」実は茜には、優等生を演じる理由があった。そして彼もまた、ある秘密を抱えていて…。青磁の秘密と、タイトルの意味を知るとき、温かな涙があふれる—。文庫オリジナルストーリーも収録！

ISBN978-4-8137-0910-7 ／ 定価：本体700円＋税

『美味しい相棒～謎のタキシードイケメンと甘い卵焼き～』朧月《おぼろづき》あき・著

「当店では、料理は提供いたしておりません」——。大学受験に失敗した良太が出会った一軒のレストラン。それはタキシードに身を包んだ絶世の美男・ルイが、人々の"美味しい"を引き出す食空間を手がける店。病気がちの祖母に昔のように食事を楽しんでほしい——そんな良太の願いを、ルイは魔法のような演出で叶えてしまう。ルイの店でバイトを始めた良太は、様々な事情を抱えたお客様がルイの手腕によって幸せになる姿を見るうちに、自分の歩むべき道に気づき始めて——。

ISBN978-4-8137-0911-4 ／ 定価：本体600円＋税

『ニソウのお仕事～推理オタク・まい子の社内事件簿～』西《にし》ナナヲ・著

「困り事があったら地下の伝言板に書き込むといい。第二総務部（通称ニソウ）が助けてくれるから」。会社にある、都市伝説のような言い伝え。宣伝課のまい子が半信半疑で書き込むと、ニソウによってトラブルが解決される。しかし、ニソウは社内にないはずの謎の部署。推理小説好きのまい子が、正体を突き止めようとすると、ニソウの人間だと名乗る謎のイケメン社員・柊木が現れる。彼は何者…？柊木に推理力を買われたまい子は、ニソウの調査員に任命されて…⁉

ISBN978-4-8137-0912-1 ／ 定価：本体620円＋税

『きみの知らない十二ヶ月目の花言葉』いぬじゅん・櫻《さくら》いいよ・著

本当に大好きだった。君との恋が永遠に続くと思っていたのに——。廃部間近の園芸部で出会った僕と風花。花が咲くように柔らかく笑う風花との出会いは運命だった。春夏秋と季節は巡り、僕らは恋に落ちる。けれど幸せは長くは続かない。僕の身体を病が蝕んでいたから…。切なくて儚い恋。しかし悲恋の結末にはとある"秘密"が隠されていて——。恋愛小説の名手、いぬじゅん×櫻いいよが男女の視点を交互に描く、感動と希望に満ち溢れた純愛小説。

ISBN978-4-8137-0893-3 ／ 定価：本体680円＋税

スターツ出版文庫　好評発売中!!

『カフェ飯男子とそば屋の後継ぎ～崖っぷち無職、最高の天ざるに出会う。～』喜咲冬子《きさきとうこ》・著

預金残高325円。相棒に裏切られ、カフェ開業の夢を絶たれた武士は、今まさに屋根から飛び降りようとしていた。その一瞬、目に留まったのは向かいのそば屋。「最後に美味い飯が食いたい」実はそこは、かつての友人・道久が働くお店。そして、絶賛求人募集中だった！　人生最後のご飯のつもりがまさかの逆転!?　しかもこの商店街、何かが変で…!?料理に人生を賭けるふたりの男が、人間も幽霊も、とにかく皆のお腹を満たします！

ISBN978-4-8137-0894-0 ／ 定価：本体610円＋税

『ご懐妊!! 3～愛は続くよ、どこまでも～』砂川雨路《すながわあめみち》・著

愛娘・みなみの誕生から半年。愛する旦那様・ゼンさんと育児に奮闘中の佐波は、勤務先からの要請で急きょ保活をスタート。１歳にもならないみなみを預けることに葛藤を抱きながらも無事に職場復帰を果たすが、育児と仕事の両立、みなみの病気など、ワーキングマザー生活は想像以上に大変で…。しかも追い打ちをかけるように、ゼンさんに美人派遣社員との浮気疑惑が！初めての夫婦の危機に佐波はどうする…!?人気のご懐妊シリーズ、ついに完結！

ISBN978-4-8137-0895-7 ／ 定価：本体600円＋税

『神様こどもと狛犬男子のもふもふカフェ～みんなのお悩み祓います！～』江本《えもと》マシメサ・著

東京での生活に疲れた花乃は、母親代わりだった祖母が亡くなったのを機に、田舎にある祖母の家へと引っ越してくる。しかし無人のはずの家には見知らぬイケメンが三人住んでいて、「和風カフェ・狛犬」の看板が。彼らは地元の神様と狛犬で、祖母の依頼で人間に姿を変えカフェを開いていたのだ。祖母の意志を継ぎ、彼らと共にカフェを続けることにした花乃。お菓子を作り、訳ありなお客様を迎えるうちに、やがて忘れていた“大事なもの”を取り戻していって──。

ISBN978-4-8137-0896-4 ／ 定価：本体580円＋税

『神様のまち伊勢で茶屋はじめました』梨木《なしき》れいあ

「ごめん、別れよう」──６年付き合った彼氏に婚約破棄された葉月。傷心中に訪れた伊勢でベロベロに酔っ払ったところを、怪しい茶屋の店主・拓実に救われる。拓実が淹れる温かいお茶に心を解かれ、葉月は涙をこぼし…。泣き疲れて眠ってしまった翌朝、目覚めるとなんと“神様”がみえるようになっていた…!?　「この者を、ここで雇うがいい」「はあ!?」神様の助言のもと葉月はやむ無く茶屋に雇われ、神様たちが求めるお伊勢の“銘菓”をおつかいすることになり…。

ISBN978-4-8137-0876-6 ／ 定価：本体550円＋税

スターツ出版文庫　好評発売中!!

『化け神さん家のお嫁ごはん』　忍丸《しのぶまる》・著

両親の他界で天涯孤独となった真宵。定食屋の看板娘だった彼女は、明日をも知れない状況に、両親が遺した“縁談”を受けることに。しかし相手は幽世の化け神様で!?　朧と名乗る彼は、その恐ろしい見た目故に孤独で生きてきた神様だった。けれど、怯えながらも『愛妻ごはん』をつくる真宵が小さな火傷を負えば朧は慌てふためき、発熱しては側にいてくれたりと、かなり過保護な様子。朧の不器用なギャップに心惹かれていく真宵だが、夫婦にとある試練が訪れて…。

ISBN978-4-8137-0853-7 ／ 定価：本体620円＋税

『彩堂かすみの謎解きフィルム』　騎《き》月《づき》孝弘《たかひろ》・著

『わたし、支配人ですから』——街の小さな映画館を営む美女・かすみさん。突然無職になった呼人は、清楚な出で立ちの彼女に誘われ『名画座オリオン』で働くことになる。普段はおっとりした性格の彼女だけど、映画のことになるとたちまち豹変!?　映画とお客さんにまつわる秘密を、興奮まじりで饒舌に解き明かし、それはまるで名探偵のよう。映画館に持ち込まれる日常の謎を解かずにはいられないかすみさんに、呼人は今日も振り回されて…。

ISBN978-4-8137-0855-1 ／ 定価：本体630円＋税

『真夜中の植物レストラン～幸せを呼ぶジェノベーゼパスタ～』　春《はる》田《た》モカ・著

同じ会社に勤めるエリートSE・草壁の家に、ひょんなことからお邪魔する羽目になった大食いOLの菜乃。無口なイケメン・草壁の自宅は、なんと植物園のごとく草花で溢れかえっていた。「祖母が経営してた花屋をそのまんまレストランにした」という草壁は、野草や野菜を使った絶品料理を作り、隣のアパートの住人をお客として巻き込んで、毎週金曜の深夜だけ植物レストランを開いていたのだ。お手伝いで働くことになった菜乃は草壁と接するうちに、特別な感情が生まれてきて…。

ISBN978-4-8137-0856-8 ／ 定価：本体580円＋税

『こころ食堂のおもいで御飯～あったかお鍋は幸せの味～』　栗栖《くりす》ひよ子・著

結が『こころ食堂』で働き始めてはや半年。“おまかせ”の裏メニューにも慣れてきた頃、まごころ通りのみんなに感謝を込めて“芋煮会”が開催される。新しく開店したケーキ屋の店主・四葉が仲間入りし、さらに賑やかになった商店街。食堂には本日もワケありのお客様がやってくる。給食を食べない転校生に、想いがすれ違う親子、そしてついにミャオちゃんの秘密も明らかに…!?　年越しにバレンタインと、結と一心の距離にも徐々に変化が訪れて…。

ISBN978-4-8137-0834-6 ／ 定価：本体630円＋税

スターツ出版文庫　好評発売中!!

『一瞬を生きる君を、僕は永遠に忘れない。』冬野《ふゆの》夜空《よぞら》・著

「君を、私の専属カメラマンに任命します！」クラスの人気者・香織の一言で、輝彦の穏やかな日常は終わりを告げた。突如始まった撮影生活は、自由奔放な香織に振り回されっぱなし。しかしある時、彼女が明るい笑顔の裏で、重い病と闘っていると知り…。「僕は、本当の君を撮りたい」輝彦はある決意を胸に、香織を撮り続ける——。苦しくて、切なくて、でも人生で一番輝いていた２カ月間。２人の想いが胸を締め付ける、究極の純愛ストーリー！

ISBN978-4-8137-0831-5 ／ 定価：本体610円＋税

『八月、ぼくらの後悔にさよならを』小谷《こたに》杏子《きょうこ》・著

「もしかして視えてる？」——孤独でやる気のない高２の真彩。過去の事故がきっかけで幽霊が見えるようになってしまった。そんな彼女が出会った“幽霊くん”ことサトル。まるで生きているように元気な彼に「死んだ理由を探してもらいたいんだ」と頼まれる。記憶を失い成仏できないサトルに振り回されるうち、ふたりの過去に隠された“ある秘密”が明らかになり…。彼らが辿る運命に一気読み必至！「第４回スターツ出版文庫大賞」優秀賞受賞作。

ISBN978-4-8137-0832-2 ／ 定価：本体600円＋税

『その終末に君はいない。』天沢《あまさわ》夏月《なつき》・著

高２の夏、親友の和佳と共に交通事故に遭った伊織。病院で目覚めるも、なぜか体は和佳の姿。事故直前で入れ替わり、伊織は和佳として助かり、和佳の姿になった伊織は死んでいた……。混乱の中で始まった伊織の、“和佳”としての生活。密かに憧れを抱いていた和佳の体、片想いしていた和佳の恋人の秀を手に入れ、和佳として生きるのも悪くない——そう思い始めた矢先、入れ替わりを見抜いたある人物が現れ、その希望はうち砕かれる……。ふたりの魂が入れ替わった意味とは？　真実を知った伊織は生きるか否かの選択を迫られ——。

ISBN978-4-8137-0833-9 ／ 定価：本体630円＋税

『かりそめ夫婦はじめました』菊川《きくかわ》あすか・著

彼氏ナシ職ナシのお疲れ女子・衣都。定職につけず、唯一の肉親・祖父には「結婚して安心させてくれ」と言われる日々。ある日、お客様の“ご縁”を結ぶ不思議な喫茶店で、癒し系のイケメン店主・響介に出会う。三十歳までに結婚しないと縁結びの力を失ってしまう彼と、崖っぷちの衣都。気づけば「結婚しませんか!?」と衣都から逆プロポーズ！　利害の一致で“かりそめ夫婦”になったふたりだが、お客様のご縁を結ぶうち、少しずつ互いを意識するようになって…。

ISBN978-4-8137-0803-2 ／ 定価：本体600円＋税

書店店頭にご希望の本がない場合は、書店にてご注文いただけます。